食いしんぼうカレンダー

なっちゃんのおいしい12か月

柳澤みの里／文
鹿又結子／絵

食いしんぼうカレンダー　●　もくじ

4月のお話

さくらもちのおひめさま

オオシマザクラの一枚の花びらが、風にゆれました。

この花びらは、なかまの花びらたちから、「ひめ」とよばれています。おひめさまの「ひめ」です。

ひめのほんとうの名前は、「桜子九十九号」といいます。今年、このオオシマザクラの木に、九十九ばんめに咲いた花びらだから、「桜子九十九号」。こんなにもおぼえやすい名前があるのに、みんなは「ひめ」とよぶのです。

そのわけは、ひめが、おひめさまのようにかわいくて、おひめさまのようにやさしい花びらだから……ではありません。どこからどうみても、ひめは、ふつうの花びらです。

ひめが、「ひめ」とよばれるわけ。それは、ひめが、つぼみから顔を出したときに、こういったからです。

「あなたたち、わたしのことは、『ひめ』ってよぶのよ。おひめさまの『ひめ』よ！」

ほかの花びらたちは、わけもわからないまま、「わかった」とうなずきました。

花びらたちは、ついうっかり、

「ねえ、桜子九十九号」

と、はなしかけてしまうことがあります。でも、それはしかたがないことでした。サクラの花びらたちは、「桜子〇〇号」とよび合うのがあたりまえなのですから。

そんなとき、ひめはふきげんになります。

「ひめってよんで！　わたしは、あなたたちみたいな、ふつうの花びらじゃないのよ。おひめさまのような花びらなの！」

どこからどうみても、ふつうの花びらです。なのに、ひめは自信たーっぷり。

あれは、ひめが、つぼみから顔を出すちょっと前の、四月二日午後二時二十四分十六秒のこと。おばあちゃんに手をひかれながら女の子が歩いてくるのを、つぼみのひめは見ていました。

「ばあちゃん、サクラがすこーし咲いてるよ」

「きっと、もうすぐ満開になるねえ」

「ピンク色が、いっぱいになる？」

女の子の目が、ぱあっと明るくなりました。

「ほら、なっちゃん。これを見てごらん」

おばあちゃんが指さしたのは、つぼみのひめです。

「この子も、もうすぐ顔を出すよ」

「おひめさまみたいな、かわいいお花になる？」

「なるなる」

「さくらもちの、ピンク色？」

「そうそう。さくらもちの、ピンク色」

「わあい！　さくらもち、大好き！」

なっちゃんとよばれた女の子は、ひめを見あげてにっこり。

「ひめ！　はやく、かわいい顔を見せて！」

その日から、ひめは思っていたのです。

（わたしは、おひめさまのように、かわいいひめ。さくらもちのピンク色！　さくらもちになって、なっちゃんに見てもらうの！）

水色お空に　もくもくうかぶ
まっしろふわふわ　ただよう雲さん
まるで大きな　わたがしみたい
あまくておいしい　わたがしみたい

水色お空に　両手をひろげる
大きなこの木は　オオシマザクラ
この木のピンクは　さくらもち
はやく食べたい　さくらもち

春になったら　食べたいおもち
ばあちゃん手作り　さくらもち
おいしく見えるね　ピンク色
なによりきれいな　さくら色

うた声がきこえてきました。その声は、なっちゃんとおばあちゃんのものです。

「うふっ。うふふっ」

なっちゃんのことが大好きなひめ。わらい声がもれてしまいます。

「ばあちゃん。お花がいっぱい！　枝からおちちゃいそう！」

ひめたちを見あげるなっちゃんに、おばあちゃんがいいます。

「なっちゃん。ひらひら舞う花びらを、地面におちる前につかめたらね、しあわせになれるんだよ」

「うわあ！　ほんとう？」

おばあちゃんの言葉に、目をキラキラさせるなっちゃんを見て、ひめは、ふふん、と、むねをはります。

「わたし、おひめさまみたいでしょう？　だれよりきれいなピンク色でしょう？」

ふふん、ふふん。

ひめは、何度も、ふふん、とむねをはります。

「さくらもちのおひめさまみたい」

なっちゃんが、にっこりわらって、おばあちゃんの顔を見あげます。

「そうだ。今度なっちゃんに、さくらもちを作ってあげようね」

「わあい！　さくらもち、大好き！」

「なっちゃんも、おてつだいするんだよ」

なっちゃんは、ふふん、ふふんと、むねをはるひめに、「またね！」と、手をふって、かえっていきました。

春の風が、ひめをなでます。

「この風のくすぐったさからいって、今は四月五日の午後三時十分四十八秒ね」

ひめに、大切な思い出が、またひとつできました。

「さくらもちのおひめさま」

と、つぶやいてみました。うれしくてうれしくて、たまりません。

「うふっ。うふふっ」


次の日、ひめが目をさますと、あたりの様子が変です。いつもより暗いのです。

「太陽さん、ちゃんと照らしてくれなくちゃ。おひめさまには、スポットライトが必要よ」

ひめが、空を見あげたそのときです。

「ひめ、さようなら～」

ひめよりも五ばん早く咲いた桜子九十四号が、ひらひらひら、と地面におりていったのです。

気づけば、ひめのまわりには、みどり色の葉っぱがたくさん。その葉っぱが、ひめをグイグイとおしてきます。

「葉っぱのくせに、花びらのわたしをおすなんて、しつれいよ！」

「あなたこそ、さっさとどきなさい。サクラの花びらは、すぐに散るのがきまりよ」

葉っぱが、いい返してきます。

「なによ、あなた。葉っぱのくせに」

「なによ、あなた。小さい花びらのくせに」

葉っぱのその言葉に、ひめは、ふふん、とむねをはりました。

「わたしはね、ただの花びらじゃないのよ。おひめさまの、ひめなんだから！」

「あなたのどこが、おひめさまなのよ」

葉っぱのいうことは、もっともでした。ひめは、どこからどうみても、ふつうの花びらなのですから。

それでも、ひめはつづけます。

「わたしは、さくらもちのおひめさまなのよ」

するとと、それをきいた葉っぱが、クスッとわらっていうのです。

「さくらもちのおひめさまは、わたしなのよ」

ひめはびっくりして、もう少しで枝からおちるところでした。

(この葉っぱが、おひめさまですって?)

みどり色で、大きくて、全然おひめさまらしくありません。どこからどうみても、ふつうの葉っぱです。

「ウソはだめ。さくらもちのおひめさまは、このわたし。さくらもちと同じ、きれいなピンク色のわたしこそ、さくらもちのおひめさま!」

すると、葉っぱは、

「じゃあ、なっちゃんに、どっちがさくらもちのおひめさまなのか選んでもらいましょう」

と、からだをゆすりました。そして、

「さくらもちになるのは、絶対にわたしなんだから!」

と、つけたしました。

水色お空に　もくもくうかぶ
まっしろふわふわ　ただよう雲さん
まるで大きな　わたがしみたい
あまくておいしい　わたがしみたい

水色お空に　両手をひろげる
大きなこの木は　オオシマザクラ
この木のピンクは　さくらもち
はやく食べたい　さくらもち

春になったら　食べたいおもち
ばあちゃん手作り　さくらもち
おいしく見えるね　ピンク色
なによりきれいな　さくら色

なっちゃんの声がきこえてきました。

ひめは、ゴクリとつばをのみこみます。なっちゃんは、ひめを、さくらもちのおひめさまに選んでくれるはず。ひめは、そう信じています。それでも、ドキドキしてしまうのです。

なっちゃんは、今日はひとりです。手には、ふくろを一枚と、おりたたみ式のイスをもっています。

「オオシマザクラさん。さくらもちを作るので、おすそわけをしてください」

ペコリと頭をさげたあと、なっちゃんは、ひめたちを見あげました。

「わあ！　花びら、ひらひら！」

桜子九十五号と桜子九十六号が、「さようなら～」といいながら、なっちゃんの足元におちていきます。桜子九十七号と桜子九十八号は、なっちゃんのうしろを、「バイバ～イ」といいながら、ひらひらおちていきました。

「いけない！　ばあちゃんがまってるから、いそがなくちゃ」

なっちゃんは、イスをくみたてると、くつをぬいでその上に立ち、手をのばしました。なっちゃんの手が、ひめに近づきます。

「なっちゃん、わたしを選んで！　わたしを、さくらもちのおひめさまにして！」

ひめはさけびました。

「なっちゃん！　わたし、さくらもちのおひめさまになりたいの！」

　なっちゃんは、ゆっくりとイスからおりました。ふくろには、何枚か、みどり色の葉っぱが入っています。頭の上には、桜子百号がのっていました。

「さくらもちには、葉っぱをつかうんだって。塩づけにして、ピンク色のおもちをくるんと巻くのよ。おひめさまのドレスみたい！」

　ひめとよばれていた桜子九十九号は、そんななっちゃんの声を近くできいていました。

（なっちゃんの手、あったかい）

　家にかえったなっちゃんは、おばあちゃんに、サクラの葉っぱをわたしました。それから、にぎりしめていた右手をさしだして、ゆっくり開きました。

「ばあちゃん。ひらひら花びら、つかめたよ。なっちゃんのさくらもちには、この花びらをのせてほしいな。おひめさまみたいでかわいいでしょ？」

　なっちゃんの手のひらの上で、ひめは、「うふっ」と、しあわせそうにわらいました。

5月のお話

こいのぼりVSたいやき

きもちのよい空の中をおよぐ、三匹のお魚。ゆらゆら風にゆれています。

「おーい、こいのぼりさーん」

おばあちゃんと手をつないで歩いていたなっちゃんは、ぶんぶんと手をふります。それから、おばあちゃんを見あげて、いいました。

「ばあちゃん。こいのぼり、ほしい!」

おばあちゃんは、こまり顔です。

「うちには、こいのぼりがないんだよ」

「どうして?」

「こいのぼりは、男の子のものだからねえ」

なっちゃんは、ほっぺをぷうっとふくらませます。

「男の子だけずるい!」

「そうだねぇ。なっちゃんのいうとおりだ」

おばあちゃんは、なっちゃんの頭に右手をそっとおくと、やさしくなでました。

「ずるい、ずるい！　ずるい、ずるい！」

なっちゃんは泣きそうです。

「それじゃあ、こんなのはどうだい？」

おばあちゃんは、もっていた手さげかばんの中から紙ぶくろを出すと、その中に右手を入れました。

「なっちゃん。はい、どうぞ」

「たいやきだ！」

なっちゃんの目からあふれそうだったなみだが、ひっこみました。

「たいやき、好き！」

「おや？　なっちゃんは、さくらもちが好きじゃなかったかい？」

「たいやきも好き！」

「見てごらん。こいのぼりにそっくりな、お魚のかたちだよ。たいやきも三匹。こいのぼりと、おそろいだ」

「わーい！」

なっちゃんは大よろこび。おばあちゃんにだきつき、いいました。

「なっちゃんね、こいのぼりより、たいやきのほうが好き！」

がびーーーん。

なっちゃんの言葉に、あか色のこいのぼりはショックをうけました。名前はカープ。

カープは、大きく開いた口の中に葉っぱが入ってきたことにも気がつかないほど、傷つきました。

（「たいやき」のほうが好きだって？）

あかいウロコがひやりと冷えるような、すごくさみしい気持ちになりました。

（このオレより、「たいやき」とかいう魚のほうが好きだなんて！）

今度は、あかいウロコがメラメラもえるような、すごくくやしい気持ちになりました。

（オレは、子どもにいちばん人気のある魚なんだ！「たいやき」とかいうヤツに負けてたまるもんか！）

くやしい気持ちは、むくむくと大きくなります。

カープは、どうしても「たいやき」に勝ちたいと思いました。「たいやきよりも、こいのぼりのほうが好き！」といってもらいたくなりました。

（「たいやき」と勝負だ！）

カープは、心にきめました。


（勝負の前に、敵のことをよーく調べないとな！）

カープは、よく知らない「たいやき」について調べることにしました。そこで、ちょうど空を飛んでいたスズメに、

「おい、そこのスズメ！　おまえ、たいやきって知ってる？」

と声をかけました。

「たいやきなら、もちろん知ってるわ」

「どんなヤツ？」

「魚よ。でも、あなたみたいにポカーンと口を開けてはいないわ。しっかり口を閉じていて、無口で、かっこいい魚よ」

たいやきのいいところをきいたって、楽しくありません。

「でも、色は、あなたのほうがキレイだと思うわ」

スズメの最後のひとことを、カープはききのがしませんでした。

「おい、スズメ。たいやきって何色の魚だ？」

「茶色よ」

（茶色！　全然かがやかない色じゃないか！）

カープは、にやりとわらいました。

自分のあか色のウロコが、いちだんとかがいている気がします。

「おい、スズメ！　オレを、たいやきのところにつれていけ！」

カープは、ゆらゆらとゆれながら、スズメに命令しました。

「まあ！　それが、たのみごとをする態度？　あいかわらず、口がわるいわね」

スズメは顔をしかめました。

「うるさいぞ、スズメのくせに。ブツブツいっていないで、早くしろ」

「人間の子は、こんなわがままな魚のどこがいいのかしら?」

スズメは、はあ、とためいきをつきながらも、カープを柱につなぎとめていたひもを、くちばしで器用にほどきました。スズメは、とってもやさしい鳥なのです。


スズメは、カープのひもをくわえると、一生けんめい飛びました。でも、カープは重く、気をぬくと地面におちてしまいそうです。

カープは、そんなスズメの苦労なんておかまいなしです。

「もっと高く飛べよ! オレのおしりが地面にすれちゃうだろ?」

文句をいいながら、たいやきに会ったときのセリフを考えています。

(たいやきの、バーカ!)

とか、

(茶色のウロコ、だっせーな!)

とか。そして、くやしがるたいやきを想像して、ニヤニヤしました。

空を飛ぶカープを、たくさんのノラ猫たちがニャーニャー追いかけてきます。

(人間の子どもだけじゃなく、猫にまで人気者なんだな、オレってやつは！)

カープは、ぐふふっとわらいました。

と、カープのからだが地面にふわりとおりました。

「ついたわよ」

ハアハアとあらい息をしたスズメが、くちばしでさした先に、小さな屋台があります。しろいけむりがもくもくとあがり、人間の子どもたちでいっぱいです。

「子どもだらけじゃないか！」

「そりゃ、たいやきは人気者だもの」

スズメの返事をきいて、カープはくやしくなりました。ウロコが、まるで炎のように熱くなります。

「おい、スズメ！」

「今度は何なの？」

「おまえは、オレとたいやき、どっちが好きだ？」

スズメは、はあ、と、今日いちばんの大きなためいきをつくと、

「まよわず、たいやきよ」

と答えました。

「たいやきは、あなたみたいにワガママでもないし、口もわるくないもの！」

「くぅぅっ！　くやしいっ！」

カープのウロコはますます熱くなります。

屋台をかこむ人間の子どもたちを見ると、小さな茶色の魚を、大切そうにもっています。口はしっかり閉じられていて、カープには、どこかかっこつけている顔に見えます。

（茶色の、ださい魚のくせに！）

カープが、ジトーッとたいやきをにらんだときです。たいやきをもった男の子が、カープに気がつきました。

「あんなところに、こいのぼり！」

たいやきをもった子どもたちが、一人、また一人と、カープを見にやってきます。

（見てろよ！　オレは人気者なんだからな）

カープは、あか色のウロコをこれでもかとかがやかせました。

「オレ、こいのぼりのカープ！　おまえら、たいやきよりオレのほうが好きだよな？」

たいやきにも、忘れずにさけびます。

「たいやき！　茶色のウロコ、だっせーな！」

でも、カープの声は、残念ながら人間の子どもにも、たいやきにも、きこえなかったようです。

カープが、もう一度、声をはり上げようとしたときでした。

「ここにすわって、たいやき食べよう！」

男の子のおしりが、ドシンッ！　と、カープの顔の上にのりました。

（ぐへっ！）

おどろきすぎて、目が飛び出しそうになりました。

「ど、どけよ！　オレの顔の上にすわるなんて、しつれいなヤツだな！」

さけんでも、やっぱり声はとどきません。

「こうすれば、おしり、よごれないもんね！」

男の子は、カープの上で手の中のたいやきをながめています。

すると、次々に、人間の子のおしりがカープの上にのっかりはじめました。

ドスンッ！

（げふっ！）

ドスンッ！

（ぐふっ！）

ドスンッ！

（だはっ！）

追いかけてきていたノラ猫たちまで、カープの上で丸くなって、いねむりをはじめます。たいやきは表情ひとつ変えず、すましています。

「ど、どいてくれぇ！」

そうさけんでも、だれ一人見むきもしません。スズメも、いつのまにかいなくなっていました。そして、カープの上から、

「ぼく、たいやき、好き！」

「魚の中でいちばん好き！」

という声がしました。

たくさんのおしりにつぶされて、カープは、からだも心もペチャンコです。

その頃、なっちゃんは、おばあちゃんと手をつないで歩いていました。

「なっちゃん。さっきのたいやきは、あのお店で買ったんだよ」

そこには、小さな屋台がありました。屋台の前では、カープの上にすわって、たいやきを食べる子たちが見えます。

「ばあちゃん、あのあか色！」

「おや？　まあ！」

なっちゃんは、おばあちゃんの手をひっぱると、たいやきを食べる子たちのところへむかいました。そして、おばあちゃんの手をギュッとにぎって息をすいこむと、いいました。

「こいのぼりさん、かわいそうだよ」

砂だらけ、泥だらけ。ペチャンコのカープは、なっちゃんにだかれています。

でも、カープの心は少しずつふくらんできました。なっちゃんのうでが、あたたかいからでしょうか。

「なあ。……オレのこと、好き？」

おそるおそるきいてみますが、なっちゃんにカープの声はとどきません。

（たいやきのことは、もうどうでもいいよ。オレのこと、好きになってもらいたいんだ）

カープはもう一度ききました。

「オレのこと、好き？」


カープのひもは、いつもの柱にむすばれました。風がふくたびに、からだがゆれます。

「ばあちゃん。やっぱり、こいのぼりがほしいなあ」

「なっちゃんは、こいのぼりよりも、たいやきのほうが、好きなんじゃないのかい？」

なっちゃんは、首をふりました。

「あのね。どっちも、だーい好きなの！」

カープのあかいウロコが、夕日にてらされて、キラッとひかりました。

6月のお話

たからものの色は、うめぼし色

しとしと、ぴちゃん。しとしと、ぽちゃん。

雨がふっています。ねずみ色の雲が空いっぱいに広がって、どこをさがしても、太陽のすがたは見えません。

なっちゃんは、リビングの窓に鼻をくっつけながら、空を見あげています。窓には、てるてるぼうずが、ぶらーん。

「今日も雨、きのうも雨、おとといも雨。雨だらけで、おさんぽにも行けない」

なっちゃんがつぶやくと、キッチンから、

「なっちゃーん」

とよぶ声がします。

「なぁに？　ばあちゃーん」

パタパタ、パタパタと足音をたてながら、なっちゃんは、キッチンへむかいました。

キッチンでは、おばあちゃんが、大きくて丸い寿司桶《すしおけ》にほかほかの炊きたてごはんを出してわらっています。

「なっちゃん。雨だけど、おむすびを作って食べようか」

「おむすびころりんの、おむすび？」

「そうそう。おむすびころりんの、おむすび」

「作る！　おむすび、作りたい！」

おばあちゃんは、なっちゃんの前に、ラップを一枚おきました。

「では、なっちゃん。まずは、このラップのまんなかに、ごはんをおきましょう」

おばあちゃんは、まるで料理教室の先生みたいです。

なっちゃんは、ほかほかのごはんをしゃもじですくって、ラップのまんなかにそうっとおきました。

「次に、おむすびの中身をきめましょう」

おばあちゃんが用意したおむすびの中身は……。

「こんぶに、やき鮭に、海苔のつくだ煮、それから、よっこらせっ！」

おばあちゃんは、大きなびんを、キッチンのテーブルの上にドンッとのせました。

「うわぁ！」

大きなびんの中には、うめぼしがぎっしり入っています。あかくて、とってもおいしそうです。

なっちゃんは、口の中にすっぱい味が広がった気がして、ごくり、と、つばをのみこみました。

「さあ。どれにしようか？」

「まっかな宝石みたいな、うめぼしにする！」

「これは、ばあちゃんが作ったうめぼしだから、とびきりおいしいはずだよ」

わらいながら、おばあちゃんは、びんの中からうめぼしをひとつ取り出し、夕ネをとりのぞきました。そして、ごはんのまんなかに、ちょんっと、のせてくれました。

「うわーい、うめぼし！」

「その上に、もう一度ごはんをのせましょう」

なっちゃんは、もう一度しゃもじでごはんをすくって、うめぼしの上にていねいにのせます。

「ラップでくるんで、にぎりましょう。熱いので気をつけてくださーい」

おばあちゃん先生の言葉どおり、なっちゃんはラップでごはんをくるみました。

「にぎっ、にぎっ、にぎっ、にぎっ」

声に出しながら、おむすびをにぎります。

ごはんは、なっちゃんの手の中で、まあるくなりました。

「まるで、てるてるぼうずさんのような、なっちゃんのおむすび」

おばあちゃんのおむすびは、なっちゃんのおむすびとはちがって三角でした。

「ばあちゃんのおむすびは、お山みたい」

「なっちゃんのおむすびのほうがかわいいよ」

なっちゃんは、うれしくなりました。

「このまんまるの中にはね、あか色のたからものが入ってるの！」

なっちゃんの笑顔を、ばあちゃんがまぶしそうに見つめています。

てるてるぼうずのテルオは、なっちゃんの手のひらの上でころがるおむすびを見て、ハッとしました。

（ぼくの顔に、そっくり！）

しろくてまるくて、ふたごの弟みたいです。

（ということは、ぼくの顔の中にも、たからものが入っているのかな？）

テルオは、顔を左右にふってみました。たからものが入っていれば、コロコロンッと音がするはずです。

ですが、残念なことに、いくら顔をふっても、たからものの音はきこえません。

（ちぇっ。ぼくの中は、からっぽか）

テルオは、おむすびを楽しそうに作っているなっちゃんを、じーっとながめて、

「なっちゃんのいじわる」

と、はきすてるようにいいました。

「おむすびの中にはたからものを入れるのに、ぼくの中はからっぽ。なっちゃんなんて、きらいだ！」


テルオは、おとといの朝、なっちゃんが作ったてるてるぼうずです。「雨がやみますように」というなっちゃんのおねがいをかなえようと、テルオは毎日がんばっていました。重そうなねずみ色の雲の上にいるお天気の女神さまに、毎日テレパシーをおくります。

（晴れにしてください。テルテルピー！）

ですが、お天気の女神さまは、ちょっぴりへそまがり。

（「晴れにしてください」っていわれると、雨をふらせたくなっちゃうの。うふふっ）

こんな調子で、雨をふらせるのです。

テルオは、

（それじゃあ、雨をふらせてくださーい。ルテルテピー！）

と、反対のおねがいをしてみたこともあります。へそまがりの女神さまのことですから、

（「雨をふらせてください」っていわれると、晴れにしたくなっちゃうの。うふふっ）

と考えるかもしれないと思ったのです。

ところが、そんなときにかぎってお天気の女神さまは、

（いいわよ。雨、ふらせてあげる）

と、おねがいをきいてくれるのです。

大変な仕事でしたが、なっちゃんのためだと思うと、テルオはがんばることができました。

でも、なっちゃんは、テルオの中にたからものを入れてくれませんでした。テルオは、がんばって働くのが、なんだかバカバカしくなりました。

（なっちゃんのおねがいなんて、しーらない！）

テルオは、お天気の女神さまにテレパシーをおくるのをやめました。そして、一日中眠ってすごすことにきめたのでした。

お昼ごはんの時間がおわり、おやつの時間もすぎました。ねずみ色の雲の上では、お天気の女神さまが雨をふらせながら、

「今日は、テルオの声がきこえないわね」

と、首をかしげていました。

「いつもは、朝早くから『テルテルピー！』ってうるさいのに。どうかしたのかしら？」

考え出すと、どうにもテルオのことが心配になってきました。雲に指をブスッとさして小さなのぞき穴を作り、テルオの様子を見てみました。

「テルオったら、眠っているじゃないの！」

ぶらーんとぶらさがったテルオは、空を見あげることもせず眠っています。

「心配して損をしたわ！　てるてるぼうずのくせに、仕事をさぼって居眠りなんてゆるせません。女神である

わたしが、朝も昼も夜も寝ないで働いているというのに！」

お天気の女神さまは、プンプンおこりながら、テルオにテレパシーをおくりました。

（テルオ！　仕事をしないとカミナリをおとすわよ！　ゴロゴロピカーンッ！）

ところが、テルオからはまったく返事がありません。

お天気の女神さまは、もう一度、テレパシーをおくります。

（竜巻のうずの中に閉じこめるわよ！　グルグルヒューンッ！）

それでもやっぱり、テルオからは返事がありません。返事がないどころか、かすかに、スースー、スースー、と、寝息がきこえてくるのです。

そのときでした。

「女神さんがやすませてくれたおかげで、よーく眠れたぜ」

それまで姿をかくしていた太陽が、ひょっこり顔を出しました。そして、お天気の女神さまにむかって親指を立てていいました。

「お礼に、オレがテルオを起こしてやるよ！」

太陽が、まっかにもえはじめました。

「まっかな夕日になって、テルオをてらしてやろう。明るくなれば、目をさまさずにはいられないぜ？　だってあいつは、明るい太陽が大好きなてるてるぼうずだからな！」

お天気の女神さまはうなずき、

「テルオの目を開かせなさい。わたしの前で居眠りなんて、百億万年早いんだから！」

と命令をしました。

お天気の女神さまは、ねずみ色の雲を小さくしました。太陽のあかい光が、テルオの顔を、ピカピカテカテカとてらしました。

（起きなさい！　ピカーンッ！）

（テルオ、起きろ！　テカーンッ！）


あたりがさわがしくなった気がして、テルオは目をさましました。

「ばあちゃん、雨がやんだ！」

なっちゃんの声をきいて、テルオも、寝ぼけた顔のまま、まっかな空と、まっかな夕日をながめます。

（晴れてる。ぼく、テレパシーをおくってないのに、どうして？）

「太陽が、まっか!」

「ほんとうだ。きれいな夕日だねえ」

「ばあちゃんのうめぼしと同じ色。たからものの色!」

そして、なっちゃんは、窓を開けて夕日に手をのばしながら、こうつけくわえました。

「てるてるぼうずさんのおかげ！　ありがとう！」

テルオは、おもわずうつむきました。

（ちがう。ぼく、何もしていないもの）

なっちゃんをチラッと見ると、まっかな宝石のような夕日にてらされて、顔があかく染まっています。はじけるような笑顔です。

テルオは、まぶしくて目を細めました。そして思ったのです。

（たからもの、見つけた。ぼくの、うめぼし色のたからもの）

「ばあちゃん。おさんぽに行こうよ！」

「じゃあ、少しだけ歩こうかね」

「おむすび、もっていってもいい？」

「夜ごはんが食べられなくなっちゃうよ」

するると、なっちゃんは首をふって、テルオを指さしました。

「てるてるぼうずさんに、『晴れにしてくれてありがとう』ってあげるの。てるてるぼうずさんもいっしょに、おさんぽに行くんだ！」

なっちゃんは、ニコニコわらってテルオを見あげます。その笑顔に、テルオの心が、またトクンとはずみました。

（大切な、ぼくのたからもの）

テルオは、きめました。

（次こそは、ぼくの力でたからものを手に入れるぞ。まっかにかがやく、なっちゃんの笑顔。うめぼし色の、なっちゃんの笑顔！）

テルオは、大きく息をすいこむと、

（お天気の女神さま！　あしたも晴れにしてください。テルテルピー！）

と、強めにテレパシーをおくりました。

（もう二度と居眠りなんてするんじゃないわよ、ピカーンッ！）

（オレも手伝ってやるよ、テカーンッ！）

あしたの天気予報は、朝から【晴れ】です。

7月のお話

あまい星くず　こんぺいとう

今日は、七月七日。七夕です。

おばあちゃんが、家の前に、笹の枝を一本用意しました。そして、色とりどりの折り紙の中から、あか色の折り紙を半分に切り、なっちゃんにわたしました。

「この短冊《たんざく》に、ねがいごとを書いてごらん」

なっちゃんは、ていねいに、ねがいごとを書きました。

おいしいものが　たくさん　たべられますように
なっちゃん

「なっちゃんは、食いしんぼうだこと」

わらいながら、おばあちゃんは、なっちゃんの短冊の上のほうに小さな穴をあけました。そこにひもをとおすと、枝の上のほうに結びます。

「ばあちゃんも、おねがいしなくちゃ！」

　おばあちゃんも、短冊にねがいごとを書きました。

おいしいごはんを
つくってあげられますように
　　なっちゃんのおばあちゃん

　おばあちゃんのねがいごとを見たなっちゃんは、首をかしげました。

「ばあちゃんは、作るだけ？　食べないの？」

「おいしい食べものを、だれかに食べてもらうのも、とてもしあわせなことなんだよ」

あおい空の下で、あか色の短冊が二まい、風にゆれます。

「そうだ、なっちゃん。今日の夜は七夕まつりだよ。いっしょに行こうか」

なっちゃんは、大よろこびです。

「うわーい！　おいしいもの、いっぱいいかな？」

「なっちゃんは、やっぱり食いしんぼうだ」

ふたりのわらい声が、空たかくひびきました。


「はぁ……」

ためいきをついたのは、おりひめです。

今日は、大好きなひこぼしに会える、年に一度の大切な日です。天の川がまちあわせ場所。ほんとうなら、わらってしまうくらい楽しみな日のはずです。

ところが、おりひめは、朝からためいきばかり。そのわけは……。

「きのうから、いそがしすぎるっ！」

そうさけんでいるのは、天帝《てんてい》さま。お空でいちばんえらい神さまで、おりひめのお父さんです。

「デネブ！　おまえも手伝いなさいっ！」

と、わめきながら走っています。

デネブとよばれたのはハクチョウです。天帝さまのお手伝いをしています。

天帝さまは、

「デネブ！　これを整理してくれ！」

と、小さな紙の山を、ドサッと、デネブの前におきました。それは、たくさんの短冊でした。

「ぐはっ！　いやはや、今年もまたさらに、たくさんのねがいごとがとどきましたなあ！」

デネブの目がまるくなります。

「夜までに、この短冊を、恋愛・勉強・健康・友情、その他の五つにわけてくれ！」

天帝さまがそういったとき、とおくの雲で、短冊がぶわぁーっとふき上がりました。まるで、ふんすいの水のようです

「ひゃーっ！　また、ねがいごとがとどいた！」

天帝さまは、ふき上がる短冊にむかって走ります。おでこには汗がひかっています。

そんな様子を見ると、おりひめは、ためいきが出てしまうのです。

（パパ、天の川を作る時間、なさそうね）

天の川がなければ、ひこぼしには会えません。

（人間ってきらいよ。大切な日にかぎって、パパにたくさん仕事をよこすんだから！）

またひとつ、ためいきが出てしまいました。

「いやはやまったく、昔にくらべて、どうしてこうも、ねがいごとが多いのでしょうなあ。なになに……？『勉強しなくてもテストで百点がとれますように』だって？　まったく、ひどいねがいごとですなあ」

デネブが、くちばしと羽で短冊を整理しながら、ぼやきます。

「望みを人にたくすなんて、いやはや無責任。少しは、じぶんで努力してほしいもんですねえ」

デネブのこの言葉に、おりひめはいきおいよく立ち上がりました。そのせいで、せっかくデネブが整理した短冊の山が、風でくずれてしまいました。

「あぁっ！　いやはや、おりひめさま。そりゃないです」

泣きそうなデネブはそっちのけで、おりひめはいいます。

「ねがいごとは、じぶんでかなえなくちゃ！」

デネブが、ちらばった短冊をもう一度整理しながら、ききます。

「いやはや、おりひめさまのねがいとは？」

「もちろん、ひこぼしに会うこと、よ！」

「いやはや、そのねがいを、じぶんでかなえるのは無理ですなあ。だって、おりひめさまに、天の川が作れるわけがないですからねえ。そうでしょう、そうでしょう？」

バカにしたような声で話すデネブを、おりひめは、ピタンッとたたきました。

「デネブって、いやなヤツね！　見てなさい！　りっぱな天の川、作ってみせるんだから！」

おりひめのいきおいに、デネブは一瞬、目をまるくしました。それでも、すぐに、うんうんとうなずき、いいました。

「いやはや、それでこそ天帝さまのお子。りっぱな心意気《こころいき》でございますなあ。では、そんなおりひめさまに、とっておきの情報をお教えしましょう」

デネブが、おりひめの耳にくちばしをよせます。

「いやはや、これはうわさですがね。人間世界には、星にそっくりなものがあるとか。それを、空にうかべてみたらいかがです？　まあ、見つけられればの話ですがねえ」

おりひめの目が、キランッとひかりました。

「デネブ。あなた、わたしをだれだと思っているの？　天帝のむすめ、おりひめよ。絶対に、見つけてみせるわ！」

「いやはや、なんとも自信たっぷりですなあ」

デネブは、くくくっとわらいながら、短冊の整理をつづけます。

おりひめは、得意の裁縫《さいほう》でゆかた作りをはじめました。

（羽衣《はごろも》で人間世界へ行ったら、目立ちすぎちゃうものね！）


ゆかたができあがる頃には、すっかり夜になっていました。天帝さまは、あいかわらずいそがしそうに、雲の上を走っています。

おりひめは、星もようのゆかたを着ると、さっきまで着ていたうすべに色の羽衣のすそをこっそり細長く切り、帯の上からふわりと巻きました。

羽衣は、おりひめであるあかし。そして、人間世界で、ぶじに星を見つけ出すためのお守りがわりです。

（これでよし！　星、さがしにいこう！）

おりひめは、雲のはしをちぎって飛びのると、明かりのともっている場所をめざしました。

そこでは、おまつりをしているようでした。

「ばあちゃん、見て！　お星さまみたい！」

そんな声に、おりひめはふりかえりました。女の子が、おばあちゃんといっしょに、出店にならんでいる箱の中をのぞいています。

おりひめものぞきこむと、びっくり！

「うわあ、星だらけじゃないの！」

みどり、ピンク、しろ、あお、オレンジの、色とりどりの小さな星がいっぱいです。

「なっちゃん。これは、こんぺいとうっていうお菓子だよ」

おばあちゃんが、女の子に話しています。

「ばあちゃん。こんぺいとう、ほしい！」

「それじゃあ、ひとふくろ買おうか」

おばあちゃんは、お店のおじさんにお金をわたしました。大きなスプーン山もりの星たちが、とうめいのふくろに入れられました。

（デネブのいっていた『星にそっくりなもの』って、きっと、これのことだわ！）

そう思ったおりひめは、お店のおじさんにいいました。

「ねえねえ、この羽衣と、その星たちを、交換してくれない？」

おりひめの羽衣は、空でいちばん美しいとひょうばんです。きっとおじさんも、よろこんで交換してくれるはず。

ところが、お店のおじさんは、鼻をフンッとならしてわらうのです。

「その布が羽衣だって？　まさか！　おりひめさまじゃあるまいし。ウソはいけないよ、おじょうちゃん」

「ほんとうよ。だってわたし、おりひめだもの。この羽衣は、空いちばんの美しさなのよ」

むねをはって答えても、おじさんは、

「そうかい、そうかい」

というだけ。ひと粒だって、星をくれません。

（なによ！　ケチなんだから！）

くやしくて、おりひめはくちびるをかみしめました。

そのときです。

「これ、半分あげる！」

なっちゃんとよばれていた女の子が、星の入ったふくろをさし出しています。

「おいしいものを、だれかに食べてもらうのも、しあわせなの。だよね、ばあちゃん？」

おばあちゃんはうなずき、カバンから小さな巾着《きんちゃく》を出しました。そして、星を半分、その中に入れました。それから、ふくろの中にのこった半分の星が、おりひめの手の上にのせられました。

「うわあ！　ありがとう！　なっちゃんって、やさしいのね」

おりひめは、羽衣をなっちゃんの首に、ふわりとかけました。

「天の羽衣よ。お礼に受けとって」

「すっごくきれいなピンク色！」

なっちゃんのうれしそうな顔を見て、おりひめもうれしくなりました。

空にかえったおりひめ。星をうかべる前に、短冊の五つの山の中から、なっちゃんの短冊をさがし出しました。

「おいしいものが、たくさんたべられますように、か。それなのに、この星のお菓子を半分くれるなんて、ほんとうにやさしい子ね」

むねが、ほわんとあたたかくなります。

短冊を山にもどすと、おりひめは、ふくろから星をつかみ、空一面にまきました。天の川の完成です。むこう岸に、ひこぼしの姿がぼんやりと見えました。

ひこぼしに手をふってから、おりひめは、ひと粒の星を空にながしました。それから、指をペロンッ。

「うわあ、あまい！　しあわせの味だわ」

「ばあちゃん、お星さま！　こんぺいとうみたいだよ」

こんぺいとうをひと粒食べながら、なっ

ちゃんが夜空を指さします。

「ほんとうだ。きれいだねえ」

「お星さま、キラキラ！　川みたい！」

「あれは天の川といってね。年に一度、おりひめさまとひこぼしさまが会う場所なんだよ」

「一年に一回しか会えないの？　ちょっとかわいそうだね」

なっちゃんは、首にかけた羽衣をなでながら、もう一度空を見あげます。

そのとき、星がひとつ、ひゅーんとながれました。

「あっ、ながれ星！」

なっちゃんは、手を合わせていいました。

「おりひめさまとひこぼしさまが、会えますように！」

そのあと、もうひとつ、おねがいをつけたしました。

「こんぺいとうみたいにおいしいものが、たーくさん食べられますように！」

「ほらね。なっちゃんは、ほんとうに食いしんぼうだ」

空では、おりひめぼしとひこぼしが、いちだんと明るくかがやいています。

8月のお話

手作り団子でおもてなし

　このところ、毎日あつい日がつづいています。今日だって、もう夕方だというのに、全然すずしくなりません。もわんとしたなまあたたかい風が、庭にあるホオズキの実をゆらしています。

　庭に面した大きな窓を開け、なっちゃんとおばあちゃんはすずんでいます。

　おばあちゃんは、キュウリやナスに、半分に折ったわりばし四本をさして、何かを作っているようです。なっちゃんは、手をうちわがわりにして、パタパタ顔をあおぎます。

「あついよー」

　なっちゃんがいうと、おばあちゃんがいいました。

「そうだ、なっちゃん。今日はお客さんがくるから、おもてなしのお団子を作ろうか」

「お客さんにお団子？」

首をかしげるなっちゃんに、おばあちゃんはいいました。

「今日から、ご先祖《せんぞ》さまが家にくるお盆のはじまりだからね」

なっちゃんの顔がこわばります。

「ご先祖さまって、オバケ？」

おばあちゃんは、ふふっとわらって、なっちゃんの頭をなでました。

「オバケはオバケでも、とってもやさしいオバケさん」

やさしいときいて、なっちゃんは、ほっとひと安心。

「ご先祖さまがくる日には〈おむかえ団子〉、ご先祖さまがおうちにいる間は〈おそなえ団子〉、かえる日には、お土産に持ってかえってもらうように〈おくり団子〉を用意するんだよ。わが家のお団子は、いつも手作りの白玉団子」

そう話しながら、おばあちゃんは、しろい粉にお湯を少しずつ入れて、こねこね、こねこね。

すると、しろい粉が、だんだんかたまりだしました。

「これがお団子になるの？」

きくと、ばあちゃんがうなずきます。

「さあ、なっちゃん。まんまるなお団子、作れるかな?」

おばあちゃんが、クルクルッと、まるいお団子を作ってみせます。

「うわあ、たのしそう!」

なっちゃんも、クルクル、コロコロ。

なっちゃんの作るお団子は、おばあちゃんの作るお団子よりも小さくできあがりました。

「なっちゃんのお団子は、かわいいねえ」

おばあちゃんの言葉に、なっちゃんは、「えっへん!」とむねをはります。

「ばあちゃん。オバケさん、よろこんでくれるかな?」

「もちろん、よろこんでくれるさ。なんてったって、オバケさんはお団子が大好きだからね。心をこめて作ろうね」

「いっぱい作らなくっちゃね!」

なっちゃんは何度も、クルクル、コロコロします。

なっちゃんがまるめたお団子を、おばあちゃんは、お湯がたっぷり入った大きな鍋《なべ》に入れます。

しばらくすると、お団子がプカプカうかんできました。

「お団子がプカプカしてる！」

「できあがりの合図だよ」

おばあちゃんは、うかんだお団子をすくい取りました。そして、今度は、こおり水がたっぷり入ったお鍋にうつします。

「冷えたら、お皿にのせて完成だ」

なっちゃんは、こおり水の中のお団子をみつめました。

「これで完成なんだ……」

と、残念そうです。

おばあちゃんが、

「どうかしたかい？」

と、声をかけたときでした。

「ばあちゃん！　いいこと思いついたよ！」

なっちゃんが、目をかがやかせました。

なっちゃんとおばあちゃんがお団子作りをしている頃、ゴンベエさんは、キュウリでできた馬にのって、空から地上にむかっていました。

ゴンベエさんは、なっちゃんのおじいちゃんのお父さんの、そのまたお父さんの、そのまたお父さんの、そのまたお父さんの、そのまたお父さん。すごーく昔の人で、なっちゃんのご先祖さまの一人です。

そのゴンベエさん。おばあちゃんが、半分に折ったわりばし四本をキュウリにさして作ってくれた馬にのりながら、こまり顔です。指で、頭をポリポリかいています。

「今回もきっと、アレが待っているんだろうなあ。こまったなあ」

すると、知り合いのスケザエモンさ

んが、同じようにキュウリ馬にのって、パッカパカと追いかけてきました。

「おーい、ゴンベエさーん」

「やあ、スケザエモンさん」

「おや？　ゴンベエさん、どうかしたのかい？　せっかくなっちゃんに会えると
いうのに、元気がないじゃないか」

「なっちゃんに会えるのは、すごくうれしいんだが、その……」

　口ごもるゴンベエさんを見て、スケザエモンさんは首をかしげます。

「何かこまったことでもあるのかい？」

「……お団子だよ」

　ゴンベエさんは、あたまをポリポリかきながら、いいました。

「なっちゃんのおばあちゃんが、ワシのために、いつもお団子を用意してくれて
いるんだ。だが、ワシはあの団子が苦手でねえ」

「ゴンベエさん。あんた、団子がきらいだったのかい？」

　スケザエモンさんがおどろいたように目を丸くします。まるでお団子のような
目です。

「お団子は好きさ。いや、〈好き〉なんてもんじゃないよ、〈大好き〉さ。生きて

いた頃は、毎日お団子を食べたいなあ、と思っていたよ。ただ、ワシが大好きなのは、味がしっかりついたお団子だ。ヨモギ団子や、しょうゆ味のタレのかかったお団子、きなこのかかったやつなんかもいいなあ」

「ああ、うまそうだ」

スケザエモンさんは、おもわずゴクリとつばをのみこみます。

「おむかえ団子には、あんこや甘いタレのかかったお団子を作ってもらう人が多いだろう？ だが、なっちゃんのおばあちゃんが作るお団子は、ほんのり甘いだけの白玉団子なんだよ。ワシは、味のうすーいお団子が、どうにも苦手で……」

するど、スケザエモンさんは、そんなゴンベエさんをジトーッとした目で見て、いいました。

「でもよ、ゴンベエさん。ワシの家なんて、何も用意してくれないことのほうが多いんだぞ。ぶつだんの前には、馬と牛、それとお茶があるだけなんだ。お団子が用意されているだけしあわせってもんだよ」

「それはわかっているよ。だから、今回もありがたくいただこうと決めてはいるさ。だが、しろい団子はおいしくないんだ。あぁ、あんこを少しでものせてくれたらなぁ。タレがかかっていればなぁ。きなこがかかっていたらなぁ」

スケザエモンさんは、

「まったく、ぜいたくな悩みだね」

とつぶやくと、

「お先に失礼するよ！」

といって、行ってしまいました。

ゴンベエさんは、キュウリ馬をパッカパッカと走らせながら、

(文句をいっちゃいけないね。作ってもらえるだけありがたいんだ。味がなくたってありがたいんだ)

と、心の中で何度も自分にいいきかせました。


ゴンベエさんは、ぶじ、なっちゃんの家につきました。

なっちゃんの家の目印は、お庭からのぼるむかえ火のけむりと、ホオズキの実です。あかくて、ふくろのようにぷっくりとふくらんだホオズキの実は、まるで火のともったちょうちんのように目立ちます。おかげで、迷子になることはありません。

「ゴンベエがきましたよー」

そう声をかけながら、家の中に入りました。

すると、なっちゃんの元気な声がきこえてきました。

「オバケさん、もうついたかな?」

ゴンベエさんは、「プッ」とふきだしました。

(なっちゃんにとって、ワシは、『ゴンベエさん』ではなく『オバケさん』なんだよなあ)

なっちゃんの声のするほうに歩いていくと、なっちゃんは、おばあちゃんといっしょに、ぶつだんの前にすわっていました。

ゴンベエさんは、にっこりわらって、なっちゃんのうしろにすわりました。しばらく見ないうちに、なっちゃんはずいぶん大きくなっています。

(かわいい女の子に成長しておる)

ゴンベエさんは、目を三日月のように細めました。

「ねえ、ばあちゃん。オバケさん、道に迷ってないかな?」

「大丈夫だよ。もしかしたら、もう、この家の中にいるかもしれないね。なっちゃんのうしろに、オバケさんがすわっていたりして」

すると、なっちゃんが、おばあちゃんにわらい返しながらいうのです。

「オバケさん、よろこんでお団子を食べてくれるといいな。なっちゃん手作りの、とっておきのおむかえ団子！」

ゴンベエさんは、頭をポリポリかきました。

（今回は、なっちゃんがお団子を作ってくれたのか。それはもう絶対に食べなくちゃ。よろこんでいただかなくちゃなあ……）

ゴンベエさんは、うれしいようなこまったような変な気持ちのまま立ち上がると、ぶつだんの前にすすみました。

ぶつだんでは、牛が眠っていました。

キュウリ馬と同じように、半分に折ったわりばし四本が足がわり。体はコロッとしたナスでできています。ゴンベエさんが天国にかえるときにのる牛で、ゆっくり歩きます。

この牛は力持ちです。おかげで、ゴンベエさんは、天国にたくさんお土産を持ってかえることができます。

ゴンベエさんが、牛の横に視線をうつすと……。

「あっ！　このお団子は……！」

あんこののったお団子と、トロンとしたタレのかかったお団子が、それぞれお皿の上においてあります。とてもおいしそうなおむかえ団子です。

それだけではありません。ゴンベエさんが大好きなきなこのお団子や、ゴンベエさんがまだ食べたことのない、黒いゴマと白いゴマそれぞれがまぶされたお団子まであるのです。

ゴンベエさんは、つい、口のはしからよだれをたらしてしまいました。あわてて手の甲でゴシゴシぬぐうと、ゴクリと、つばをのみこみます。

なっちゃんが、おばあちゃんを見あげながらいいました。

「しろいままのお団子より、なっちゃんの作ったお団子のほうが、絶対においしいよね、ばあちゃん！」

「なっちゃんのおかげで、すてきなおもてなし料理になったね」

なっちゃんは、「えっへん！」とむねをはります。

「おそなえ団子もおくり団子も、なっちゃんに作ってもらいたいよ」

ゴンベエさんは、むねの前で両手をぴたりと合わせました。そして、心をこめてごあいさつです。

「なっちゃんの心づかいに感謝して、いただきます」

なっちゃん特製のゴマ味のおむかえ団子を、ゴンベエさんは、口いっぱいにほおばりました。モチモチしたお団子にゴマの風味が合わさって、とてもおいしいお団子です。

ゴンベエさんは、おっこちてしまいそうになっているほっぺに左手をそえて、にっこり。

「あぁ、おいしい！　こんなにおいしいおもてなし料理を食べられるなんて、ワシは、天国一のしあわせ者だね」

9月のお話　モンブランのテッペン

朝、おばあちゃんがカレンダーをめくりました。今日は九月五日です。

「ついに、この日がきたのね」

「運命の一日がはじまるわよ」

キッチンからは、そんな声がきこえてきます。テーブルの上に山積みされた栗たちの声です。

栗たちがソワソワしているのには、ちゃんと理由がありました。

今日、九月五日は、なっちゃんの誕生日。なっちゃんの誕生日には、毎年、おばあちゃんがケーキを作ります。

そのケーキは、イチゴののったケーキや、チョコレートケーキではありません。

「なっちゃんの生まれた九月は、栗の季節のはじまりだからね」

そういって、おばあちゃんは、ひろった栗をつかって、モンブランを作るのです。

おばあちゃんの作るモンブランを、なっちゃんはとても楽しみにしています。

昨日の夜も、こんな話をしていました。

「ばあちゃん。なっちゃんのモンブランの一番上にはね、とっておきの栗をのせたいの」

「それじゃあ、その栗は、なっちゃんがじぶんで選んだらどうだい?」

というわけで、栗たちはみんな、なっちゃんの「とっておきの栗」をめざしています。なっちゃんのモンブランの一番上にすまし顔ですわるのが、栗たちの夢なのです。

そんな栗たちの中に、ちぢこまっている栗がひとつ。マロンヌちゃんです。

(一番上だなんて、わたしは、絶対にいやだな)

マロンヌちゃんは、とってもはずかしがりやで、体も気も小さい栗。みんなが、

「めざせ、モンブランのテッペン!」

と意気込んでいる中で、

「目立たないところがいいな。ほら、クリームとか」

とつぶやいています。

そんなマロンヌちゃんの横には、さらに小さな体をした栗がひとつ。妹のマロンナちゃんです。

「マロンヌ姉。もし、モンブランのテッペンに選ばれちゃったらどうしよう？」

マロンナちゃんも不安そうです。マロンナちゃんも、マロンヌちゃんと同じくらいはずかしがりやで気が小さいのです。

「わたしたちは、だれよりも小さい栗でしょう？　モンブランのテッペンには、もっと大きくて、ピカピカにかがやいている栗が選ばれるはず。だから、大丈夫よ。……たぶん」

妹のマロンナちゃんの不安そうな顔を見ていると、マロンヌちゃんも不安になってきます。

「マロンナ。なっちゃんに見つからないように、しずかにしていようね」

マロンヌちゃんとマロンナちゃんは、小さな体をもっと小さくしました。

お昼になりました。

「ばあちゃん。モンブラン作ろう！」

なっちゃんの声がひびきます。

おばあちゃんは、キッチンのテーブルの上に、栗をザッと広げました。

なっちゃんの目は、栗にくぎづけです。

「さあ、なっちゃん。この中から、とっておきの栗を選んでごらん」

なっちゃんは、真剣な顔で、じっくりと栗を見ます。手にとってみたり、ツンツンと指でつついてみたり。

「なっちゃん！　わたし、きっとあまいよ」

「なっちゃん！　わたし、コロンとしていてかわいいよ」

栗たちが、いっせいにアピールします。

マロンヌちゃんとマロンナちゃん

は、そんな栗たちのかげにかくれるようにして、じっとしていました。

なっちゃんは、ひと粒ずつ栗をつまみ上げながら、じっくりと品定めをします。そして、とうとう、なっちゃんの指が、マロンヌちゃんをひょいっとつかまえました。

「きゃっ！　そんなに見つめないで……！」

マロンヌちゃんは、顔をかくします。

それでもなっちゃんは、おかまいなし。マロンヌちゃんを、じーっと見つめるのです。

マロンヌちゃんは、はずかしくて今にも泣きだしそうです。そんなマロンヌちゃんを見あげて、妹のマロンナちゃんも、

「ああっ、マロンヌ姉が見つかっちゃった！」

と、泣きそうになっています。

すると、なっちゃんが、もう片方の手で妹のマロンナちゃんをつかみました。

マロンヌちゃんとマロンナちゃんを、交互に見つめるなっちゃんは、

「決めた！」

とさけぶと、マロンヌちゃんをおばあちゃんに見せました。

「モンブランのテッペンは、この栗にするね！」

「いやあぁぁっ！」

マロンヌちゃんは、いきおいよく首をふりました。

「わたしなんて、体も小さいし、モンブランのテッペンなんて似合わないよ。それにわたし、目立ちたくないの。おねがい、なっちゃん！　別の栗にして！」

必死になっちゃんに話しかけますが、マロンヌちゃんの声は、なっちゃんにはとどきません。

「マロンナ、たすけてっ」

妹のマロンナちゃんを見ても、困ったような顔をしてモジモジしているだけで、まったく頼りになりません。

ほかの栗たちからは、

「うそーーーーーん！」

「どうしてマロンヌがテッペンなの？」

「あんなに小さいのに、なんで？」

「あんなにはずかしがりやなのに、なんで？」

という声がきこえてきます。そして、みんなが、マロンヌちゃんをジトーッとした目で見てくるのです。

「どうして、わたしなの？　わたしじゃなくて、もっと大きな栗にしたほうがいいよ」

マロンヌちゃんは、なっちゃんにもう一度話しかけました。それでも、なっちゃんはマロンヌちゃんを見て、

「えへへっ」

とわらっています。

マロンヌちゃんには、なっちゃんの笑顔が、まるで鬼のわらい顔のように、おそろしく見えました。

「そんなに小さな栗でいいのかい？」

おばあちゃんの言葉に、なっちゃんはうなずきます。

「小さくてかわいいんだもん。なっちゃん、かわいいの大好き！」

おばあちゃんが、ほくほくの栗をつぶして、おさとうと牛乳、バターをまぜます。

「なっちゃん。この中に、泡立てた生クリームを入れてくださーい」

「はーい」

生クリームと栗がまざって、あまい栗クリームの完成です。クリームになった栗たちは、

「あーあ、ついに、クリームになっちゃった」

「せっかくのコロンとした体が、台なしよ」

「テッペンにすわりたかったなあ」

と、がっかりしています。

でも、だれよりもがっかりして、だれよりも泣きたい気持ちなのは、モンブランのテッペンに選ばれたマロンヌちゃんでした。

マロンヌちゃんは、おばあちゃんがきれいに皮をむき、コロンとした姿のまま、おさとうであまく煮つめられました。そう。マロンヌちゃんは、マロングラッセになったのです。

おさとうのおかげで、だれよりもツヤツヤにかがやいています。どこからどうみても、みんながめざしていた、「とっておきの栗」です。

マロンヌちゃんは、テカテカひかるからだを動かしながら、

「こんなにひかって、はずかしい……」

と、また泣きそうになりました。

おばあちゃんが、手のひらサイズのスポンジケーキに、栗クリームをしぼります。山のようになったクリームからは、あまい香りがほわわん、ほわわん。

「さあ、なっちゃん。栗をのせてごらん」

なっちゃんは、マロンヌちゃんをモンブランのテッペンにおきました。なっちゃんの誕生日ケーキ、モンブランのできあがりです。小さなマロンヌちゃんも、こうしてテッペンにすわると、やっぱりだれよりも目立ちます。

ところが、なっちゃんは、うーーーん、と首をかしげたのです。

「小さな栗だけじゃ、ちょっとさみしいなあ」

(だから、最初に、『わたしにテッペンは似合わない』っていったのに……!)

マロンヌちゃんは、はずかしくて、また泣きたくなってきました。

「それじゃあ、なっちゃん。これをのせようか」

おばあちゃんが、冷蔵庫から何かをもってきました。

それは、【なっちゃん　おたんじょうびおめでとう】と書かれた、チョコレートのプレートでした。

「うわーい！」

なっちゃんがとびはねます。

マロンヌちゃんの背中側に、チョコレートのプレートがおかれました。まるで、小さなマロンヌちゃんが、大きなプレートをせおっているようです。

「栗が、なっちゃんへのお祝いメッセージをとどけてくれたみたいだねえ」

おばあちゃんは、そういってマロンヌちゃんを見ています。

ところが、なっちゃんは、もうチョコレートプレートに夢中で、マロンヌちゃんには目もくれません。

「このチョコレート、おいしそう！」

なっちゃんの言葉に、おばあちゃんの目も、クリームになった栗たちの目も、いっせいにプレートへむきました。

もうだれも、マロンヌちゃんのことは見ていません。

「マロンヌ姉、よかったね。もうだれもマロンヌ姉のことは見てないよ」

マロンナちゃんのコソコソ声がきこえます。

マロンヌちゃんは、ほっとむねをなでおろしました。

でも、ほっとしたのと同時に、なんだかさみしい気持ちにもなりました。

「ばあちゃん。もう食べてもいい？」

なっちゃんは、おばあちゃんにききました。

「あいかわらず、食いしんぼうだこと。どうぞ、めしあがれ」

なっちゃんは、まっさきにチョコレートのプレートをかじりました。

「あまくておいしい！」

そんななっちゃんを、マロンヌちゃんはぼーっとながめていました。さっき感じたさみしい気持ちが、ちょっとずつふくらみます。

マロンヌちゃんは、思うのです。

（モンブランは栗のケーキ。チョコレートばかりおいしいっていわないでほしいな）

ほかの栗たちも同じ気持ちだったようです。

「マロンヌ、チョコレートに負けてる場合じゃ

ないわよ！　モンブランは、栗のおいしさを味わうケーキなんだから」

「そうよ、そうよ。だから、もっとがんばりなさい、マロンヌ！　マロンヌは、栗の代表なんだからねっ！」

と口々にマロンヌちゃんを応援します。

はずかしがりやで気の小さいマロンヌちゃんですが、栗たちの気持ちは、とてもよくわかりました。

マロンヌちゃんは、一生分の勇気を出していいました。

「なっちゃん。チョコもいいけど、栗だっておいしいんだよ」

なっちゃんは、今度はマロンヌちゃんをパクリ。

「うわあ！　栗も、とーってもあまくて、おいしいな！」

栗クリームから、大歓声《かんせい》がわきました。

10月のお話　クッキーくれなきゃイタズラしちゃうぞ！

トントトトン。

玄関のドアをたたく音がきこえた気がして、おばあちゃんは、首をかしげました。

玄関の横にはインターホンがあります。お客さんはみんな、用事があるときはこのインターホンのボタンをおすのですが、今日のお客さんはドアをトントトトンとたたくのです。

トントトトン　トントトトン
「お客さんのようだね」

立ち上がると、おばあちゃんは玄関にむかいました。

ドアを開けると、そこにいたのはなっちゃんです。黒いマントを着て、ほうきをもっています。

なっちゃんは、両手をガバッと上にあげて大きな声でいいました。

「トリック・オア・トリーーーートッ！」

あまりに大きな声だったので、おばあちゃんはもう少しでひっくり返るところでした。

そんなおばあちゃんを見て、なっちゃんはもう一度、

「トリック・オア・トリートッ！　お菓子をくれなきゃイタズラしちゃうよ！」

といいました。

「ああ、びっくりした」

むねに手を当てながら、おばあちゃんは、ほぅと息をはきました。それから、

「ハッピーハロウィン」

というと、エプロンのポケットからキャンディを三つ取り出し、なっちゃんの手のひらにのせました。

「キャンディ……」

なっちゃんは、キャンディとおばあちゃんを交互に見ます。それから、ほっぺをふくらませながらさけびました。

「トリック・オア・トリート！　キャンディだけじゃ、たりないもん！」

「あいかわらず、食いしんぼうだね」
「さくらもちにたいやき、こんぺいとうも食べたいな！　それから……クッキーも食べたい！　なっちゃんの大好きなクッキーをくれなきゃイタズラしちゃうぞ！」

なっちゃんの口からは、今にもよだれがたれそうです。

「それは大変。それじゃあカボチャのクッキーもあげようかね」
「うわーい！」
「なっちゃんのために、おいしくてかわいいクッキーを焼こう」

おばあちゃんはうでまくりをします。

なっちゃんの口からよだれがじゅるりとたれました。

（とりっく・おあ・とりぃと？）

なっちゃんの声をきいて、首をかしげる子がいました。透明な体をしています。その体は地面から浮いていて、丸っこい頭には黒色のとんがり帽子。大きな目をキョロンキョロンと動かしています。

その子は、オバケの男の子。名前はスケールンです。

（とりっく・おあ・とりぃとって、なに？）

なっちゃんの家の玄関には、大きな栗の木があります。木のかげにかくれるようにしながら、スケールンはなっちゃんの声をきいていました。

すると、なっちゃんは、おばあちゃんからキャンディをもらっているではありませんか。

（「とりっく・おあ・とりーと」っていうと、キャンディがもらえるの？）

びっくりです。スケールンがキャンディをもらうときといえば、オバケ学校のテストで百点を取ったときくらいなのですから。

オバケ学校では、「人間をビックリさせる技」を習います。体の色を変えたり、植物の色を変えてみせたり、人間の前をササッと横切った後、姿を消したりするテストがあります。

　ですが、こうしてただビックリさせるだけでは五十点。ビックリしたあとに、人間を笑顔にさせることができなければ、百点は取れません。

　もちろん、人間を怖がらせてはダメです。それはオバケの役目ではなく、「ユーレイ」と呼ばれる集団の役目なのです。

　大人オバケたちは、こういいます。

「ハロウィンは人間のお祭り。われわれオバケはお祭りの盛り上げ役だ。盛り上げ方は、高速でカボチャのまわりを回ること。もちろん体の色を変えながらね。そうすると人間たちは楽しんでくれるよ。これができればりっぱなオバケの仲間入りさ」

　でも、スケールンは、「うん？」と首をかしげたくなるのです。

（体の色を変えるのはカメレオンでじゅうぶん！　高速回転だって、人間の作るヘリコプターの「プロペラ」ってやつのほうが速いんだ。まったく、大人ってなんにも知らない。時代おくれなんだから！）

　それに、スケールンはこうも思うのです。

（楽しませるより楽しみたい！　盛り上げ役より主役にならなくちゃ！）

こんな感じなので、スケールルンは、いつもテストは五十点。ユーレイのように人間を怖がらせてはイヒイヒわらう、いたずらっ子です。

ですから、スケールルンがもらえるのは、キャンディーではなく、「バッカモーーーンッ！」というお父さんのどなり声と、「ゴツンッ！」というゲンコツです。

（ぼくも、「とりっく・おあ・とりーと！」っていってみよう！）

栗の木のかげでスケールルンはニヤニヤ、ニヤニヤ。すると、さらに、おばあちゃんのこんな声がきこえてきました。

「おいしくてかわいいクッキーを焼こう」

（うっひょーー！　クッキーまでもらえるの？）

スケールルン、ルンルンルンです。

「キャンディーもいいけど、ぼくはクッキーがいいな！　百まいくらい！」

山の奥にある家に、ふわふわひゅーんと飛んでかえったスケールルン。さっそくお母さんにいってみました。

「とりっく・おあ・とりーと！」

待ちきれず、両手をお母さんに出します。

ところが、お母さんの透明な体が、みるみる赤くなっていくではありませんか。

そして……。

「オバケの口からそんな言葉。あぁ、情けないったらないわっ！」

なぜかすごく怒っているのです。キャンディなんて出てきそうにありません。

もちろん、クッキーだって出てこないでしょう。

「……クッキーは？」

つぶやくスケールンのうしろにドーンと現れたのは、体の大きなお父さん。お父さんの体も、炎のように真っ赤です。そして……。

ゴツンッ！

ゲンコツです。テストで悪い点を取ったわけでもないのに、ゲンコツをおみまいされました。

（いってー！　どうしてさ！）

頭を両手でおさえながら、スケールンは家を飛び出しました。

「『とりっく・おあ・とりーと！』っていったのにクッキーがもらえないなんて！」

ゲンコツをもらった場所がいたいのと、お菓子をもらえなかったくやしさで、

スケールンはたまらずさけびました。

「くっそーーーーーーっ！」

するとと、

「スケールンったら、『トリック・オア・トリート』っていったらしいわよ」

「それ、『お菓子をくれなきゃイタズラするぞ』って意味の、ハロウィンの言葉じゃない？」

「まったく、主役気取り？」

「オバケの風上にもおけないな」

「盛り上げ役失格だ」

みんなが、スケールンの悪口をいっているのがきこえてくるのです。

「うわあぁぁん！　うるさい、うるさいぞ！」

両手で耳をふさぎ、スケールンはなっちゃんの家の栗の木までもどりました。

栗の木の一番低いところの枝には、小さなカボチャがおいてありました。そのカボチャ、ニヤリと、にくたらしい顔でわらっています。

「ニヤニヤするなよ！」

スケールンがポカッとたたくと、カボチャがピッカーンとオレンジ色にひかりました。

「ぼく、カボチャのジャック！　いたずらっ子のスケールルン、ぼくのまわりを飛んで！」

「どいつもこいつも、うるさいな。そんなのちっとも楽しくないやい！」

「君は盛り上げ役だろう？」

「そんなの知らない！」

　ですが、ジャックはあきらめません。

「やってみてよ。りっぱなオバケ、りっぱな盛り上げ役になるチャンスさ！」

　しつこいのです。うるさいのです。

「もう！　しつこいなっ」

　スケールルンは、カボチャのジャックのまわりを適当にふわふわ飛びました。やっぱり楽しくもなんともありません。むしろ退屈です。

　そのとき、なっちゃんの家の玄関ドアがあきました。

「カボチャとオバケがあそんでる！」

「カボチャはハロウィンのかざりものだよ。オバケは、だれが用意してくれたのかねぇ？」

「なっちゃんのためにオバケさんがきてくれたのかも！　かわいいし、うれしいな」

（かわいい？　うれしい？）

人間にそんなことをいわれたのは初めてのスケールン。うれしいようなはずかしいような、体がムズムズする感じがして、じっとしていられません。

スケールンは、ビュンビュンと高速で、カボチャのジャックのまわりを飛びました。目にもとまらぬ速さです。うれしさとはずかしさで、体の色が赤やピンク、黄色やオレンジに変わります。

「オバケさん、はやーい。うわっ、色が変わってる！」

なっちゃんのおどろき顔に、スケールンは調子にのります。なっちゃんにむかってウインクをしたり、手をふってみたり。

そのときです。

「スケールン！　よそ見しちゃダメッ！」

ジャックの声に、スケールンはハッとしました。よそ見をしているうちに、スケールンの体はだんだんジャックからはなれ、上へ上へとのぼってきてしまったのです。そんなスケールンのむかう先には、栗の木のふとーい枝。

ゴッツーン！

スケールン、高速回転しながら枝に激突です。あまりにいきおいよくぶつかったせいで、栗の木の葉っぱがひらひら舞いました。

（いててて……ちょっと失敗！　でも、ここからが本番さ！）

スケールンは葉っぱにむかって息を、ふー。

「ばあちゃん、葉っぱがキラキラ！」

栗の葉の色が、金色やオレンジ色に変わりました。

「葉っぱの色を変えるのなんて朝めし前！　学校で習ったもんね。でも、こんなもんじゃないいんだぞ！」

スケールンはさっきまでより、もっと高速で回転します。そして、うずを巻いた風をおこし、金色の葉っぱをクルクルと輪にしました。それをなっ

ちゃんの頭の上に浮かべます。

「金色の輪っか！　天使になったみたい！」

なっちゃんのびっくり顔が、みるみる笑顔に変わりました。それを見たスケールン、なんだかむねをはりたい気分です。

（オバケの力で人を楽しませるのって、楽しいな！）

スケールンが得意げにわらっている中、なっちゃんはうれしそうに輪っかを見あげていいました。

「オバケさん、ハッピーハロウィン！」

キャンディと、スケールンとジャックにそっくりな形のクッキーが入ったふくろが、栗の木の根元におかれました。

「テストだったら百点さ、スケールン！」

カボチャのジャックが、ニヤリとわらったまま、ピッカーンとひかりました。

11月のお話　テングロウとサツマイモほり

なっちゃんとおばあちゃんは、サツマイモほりにきています。

両手に少し大きい軍手をして、長靴をはいたなっちゃんは、

「よし！　がんばるぞ！」

と気合いじゅうぶんです。

「なっちゃんは、食べもののこととなると、いちだんとがんばり屋さんになるね」

そういうおばあちゃんも、なっちゃんと同じように軍手と長靴姿。やる気満々です。

昨日の夜のことでした。

なっちゃんの家に、ご近所のオギソさんから、こんな電話がありました。

「びっくりするぐらいサツマイモが育ってね。明日、サツマイモほりにこないかい？」

電話を受けたおばあちゃんは、なっちゃんがよろこぶだろうと思いました。

「それじゃあ、なっちゃんと一緒に行かせてもらおう」

「こっちも助かるよ。このままだと食べきれなくて捨ててしまうことになるからね。今年は、いつもの三倍以上のサツマイモがとれそうだよ。しかも、とても大きいのがね」

「捨ててしまうなんてもったいない。収穫したサツマイモはいただいてもいいのかい？」

おばあちゃんがきくと、オギソさんからは、大きくて元気な返事。

「もちろん！　焼くなり煮つめるな

りして、家族みんなで食べてくださいな」

オギソさんの畑でサツマイモがたくさん育ったのには、わけがありました。一生けん命お世話をしたから？

いいえ。サツマイモは、あまり手をかけなくても育ちます。水やりだって、こまめにしなくても平気。肥料だっていりません。ですから、オギソさんは毎年のようにほったらかしていました。

じゃあ、オギソさんはじつは魔法使いで、サツマイモをふやす魔法をかけたとか？

まさか！　オギソさんは正真正銘《しょうしんしょうめい》の人間です。にっこり笑うとえくぼができる、心やさしい人間の女の人です。

サツマイモがたくさん育った理由。それはなんと、天狗《てんぐ》のおかげでした。

「ああ、秋だなあ」

カエデの木の枝に座って、夜風に舞うイチョウの葉をながめながら、天狗のテングロウはつぶやきました。つぶやいたと同時に、おなかがグールルルッ。

「食欲の秋だなあ」

このところ、栗やキノコをはじめ、いろんな秋の味覚を楽しんでいたテングロウ。どれもおいしいのですが、もっと食べたいものがありました。

「サツマイモ、まだ食ってないなあ。でっかくてあまいサツマイモ、食いたいなあ」

ですが、こうしてカエデの木の上にすわっていても、サツマイモにはありつけません。

だって、そうでしょう？　サツマイモは、雨のように空から降ってくるものではないんです。もちろん、サツマイモにニョキニョキッと足がはえて、テングロウのもとに、

「ぼく、サツマイモ！　おいしく食べてね！」

とやってくるなんてことも、ありえません。

「よし！　サツマイモを育てよう！　食いたきゃじぶんで作らないとな」

そんなテングロウの目にとまったのが、オギソさんの家の広いサツマイモ畑だった、というわけです。

さて、テングロウにはふしぎな力がありました。テングロウがおどると、春に

は桜が色こく咲き、夏にはめぐみの雨がふり、冬には貴重な晴れ間が広がるのです。

秋にテングロウがおどると、キノコがニョキニョキニョキッとはえたり、栗がポポポポポッと実ったり、サンマがスイスイスイッと海を泳いだりしました。

ですから、テングロウはこう考えました。

(サツマイモ畑で、毎晩おどろう！　そうすれば、大きなサツマイモがたくさん育つぞ)

人間が寝しずまった夜中になると、テングロウは、オギソさんのサツマイモ畑に行き、足をふみ鳴らしておどりました。右手には、顔よりも大きなカエデの葉。左手には、これまた大きなイチョウの葉をもって、ひらひらさせます。さらに、リズムをきざみながら、歌までうたいました。

イモ　イモ　おイモ　サツマイモ
むらさきの皮に　きいろの実
たき火でやいたら　あまーいやきいも
おならが出ちゃう？　ぷっぷっぷー

すると、畑の土がモコモコッと動いて、土の中でサツマイモがいっせいに育つのです。

イモ　イモ　おイモ　サツマイモ
むらさきの皮に　きいろの実
タレをからめれば　大学いもだ
おならが出ちゃう?　ぷっぷこぷー

テングロウの心のこもったおどりのおかげで、オギソさんの畑のサツマイモは豊作になりました。

なっちゃんとおばあちゃんがサツマイモほりにきたのを、テングロウはこっそりながめていました。

テングロウは、
(なっちゃんと一緒に、サツマイモ、ほりてぇなぁ)
と思いました。

（夜にこっそりと一人でほるよりも、大きさにびっくりし合ったり、わらい合ったりしたいぜ）

そう思ったら、もうじっとしていられません。テングロウは、ピョーンとなっちゃんの横に飛び出し、ききました。

「イモほり、いっしょにしてもいいか？　いいよな？　な？　な？」

「うわっ！」

とつぜんあらわれたテングロウに、なっちゃんはびっくり。畑にしりもちをつきました。

あか鬼のような顔に、なが－く伸びた鼻をしていて、背中には、つばさのようなものがはえているテングロウ。その姿を見て、なっちゃんは、

「うわわっ！」

と、さらにびっくりです。

（しまった！　なっちゃんをびっくりさせちまったぞ！　まずは自己紹介をしなくちゃいけなかったな！）

一歩うしろに下がると、テングロウは、なっちゃんがこわがらないように、なるべくゆっくりと、慣れない、ていねいな言葉で話しました。

「オレ……じゃない、ぼくは天狗のテングロウ。裏山で暮らしています。こわい顔をしているけれど何もしねぇよ。……じゃない、何もしません。一緒に、サツマイモほりがしたくてきました」

「てんぐ？」

しりもちをついたままのなっちゃんが、テングロウを見あげます。

「そう、天狗。あっ、ちなみにオレ、じゃない、ぼくの姿は、大人には見えません」

「じゃあ、ばあちゃんにも見えないの？」

「そう」

「……てんぐって、ユーレイ？」

また、なっちゃんがふるえます。

「ちがうわいっ！　あっ、ちがいます！　どちらかといえば、ようかい」

「よよ、ようかいっ？」

なっちゃんの顔が青ざめていきます。

「あぁ、しまった！　そ、そうだなあ、どちらかといえば、神さまってことにしておこう」

そういうと、テングロウは、まだしりもちをついたままのなっちゃんに、右手を、ぬぅっと差し出しました。

「おい、立てるか?」

「……ありがとう」

なっちゃんは、おそるおそるテングロウの手をにぎり、立ち上がりました。そして、おしりの土をはらうと、ほうっと息をつきました。

「やさしいね、てんぐのテングロウさん。びっくりしたけど、もう平気! 一緒にサツマイモほり、しよう!」

テングロウは、大きな口をにや~とさせました。うれしいときの表情ですが、ちょっぴり不気味《ぶきみ》です。でも、なっちゃんは、本当に、もうへっちゃらのようです。

「ばあちゃん、おイモ、ほってもいいー?」

はなれた場所でオギソさんと話していたおばあちゃんが、なっちゃんの声にふり返って、「いいですよー」とうなずきます。

土の上に出ているむらさき色のツルを指さし、テングロウはいいました。

「このツル、ひっぱってみな」

なっちゃんは、サツマイモのツルを、力まかせに「えいっ!」とひっぱりました。

「ダメダメ! そんな力まかせにひっぱっちゃ! ていねいに、ゆっくりな」

大きな軍手をした手では、力があまり入りません。なっちゃんは、軍手をとると、もう一度、ゆっくりツルをひっぱりました。

すると、モコモコモコモコッと、土がもりあがり、そして……。

ポコポコポコポコッ！

いっぱいのサツマイモが、土の中から出てきました。どれも、とても大きなサツマイモです。

「うわぁ、大きなサツマイモ！」

「うわぁ、すっげーでかいサツマイモ！」

なっちゃんとテングロウは、同時にさけびました。

「テングロウさんも、ほってみて！」

なっちゃんにうながされて、テングロウは、畑でいちばん太いツルをつかみました。

「いくぞ！」

ゆっくり、ゆっくり、ひっぱります。太いツルだけあって、けっこう力が必要です。

「むむむむっ」

テングロウは、両手でツルをつかむと、足をふんっとふんばりました。

「テングロウさん、がんばれ！」

「むむむむっ！」

あかい顔がさらにあかくなり、長い鼻がふるふるとふるえます。

すると、土がモコモコッとなり……。

「うわー！　すごく長いおイモ！」

テングロウの鼻のように長いサツマイモが、にょきーんとあらわれました。

「テングロウさんのお鼻にそっくりー」

なっちゃんは大わらいです。それを見てテングロウも、

「てへへっ」

と照れわらい。鼻の横にサツマイモをもってきて、

「鼻が二本になっちゃったぜ！」

と、おどけてみせました。

（やっぱり、イモほりは、一人でするよりも、なっちゃんといっしょにしたほうが楽しいぜっ！）


ほったばかりのサツマイモを、おばあちゃんがアルミホイルにつつみます。そして、枯れ葉を集めて作った山に火をつけて、そこにサツマイモをうめるようにして入れました。しばらくすると、ホクホクのやきいものできあがりです。

なっちゃんとテングロウは、顔を見あわせて「ふふっ」とわらいました。

「なっちゃん。だれとわらっているんだい？」

おばあちゃんが、ふしぎそうに首をかしげます。

「ふふふ。ないしょ」

ほくほくで、あまくて、おいしいやきいもを、ふぅふぅしながら食べます。

「おいしいね、テングロウさん」

「みんなで食べるやきいもは、最高にうまいな！」

なっちゃんとテングロウは、こっそり耳うち。もうすっかりお友だちです。

12月のお話

ホワイトクリスマスケーキ

十二月二十四日の夜です。空からは、綿のような雪がふっています。

「サンタさん、きてくれるかなあ？」

ベッドにもぐりこみながら、なっちゃんはつぶやきました。

「なっちゃんはとってもいい子だから、サンタさんもきてくれるはずだよ」

おばあちゃんが、なっちゃんの頭をなでます。

「こんなに寒いけど、サンタさん大丈夫かな……。あっ！　そうだ！」

なっちゃんは起き上がると、枕元にかざった大きな赤い靴下の中に、何かを入れました。

この大きな靴下は、お仕事でいつもいそがしいなっちゃんのお母さんが、夜おそくまで起きて作ってくれたものです。このほかにも、なっちゃんの足の大きさに合った靴下を、五足も作ってくれました。

「何を入れたんだい？」

おばあちゃんが首をかしげると、なっちゃんは、にっこりわらいました。

「靴下だよ。たくさん作ってもらったから、サンタさんにもあげるの。サンタさんの足、ポッカポカ！」

「なっちゃんは、やさしいねえ」

もう一度なっちゃんの頭をなでると、おばあちゃんは部屋の電気を消しました。

「おやすみ、なっちゃん」

「おやすみ、ばあちゃん」

リンリンリン　リンリンリンリン
鈴を鳴らしながら空を走るトナカイさん。そのうしろでは、そりにのったサンタさんが、トナカイさんのあかい鼻に負けずおとらずのあかい鼻をしていました。

「あぁ、寒い。鼻水がたれてしまうよ」

ズピーッ！　と鼻をすすりながらプレゼントをはこびます。

そりにのせたふくろの中には、いろんなプレゼントが入っていました。クマのぬいぐるみ、魔法のつえ、車のおもちゃに勇者の剣《つるぎ》。世界中の子どもたちがほしがっているもので、サンタさんが一生けん命さがしてきたものばかりです。

「よろこんでくれるといいなあ」

サンタさんは、大よろこびする子どもたちの顔を思いうかべながら配りました。

ふくろの中に残った最後のひとつは、かわいいお花もようのスプーンです。

「さあ、最後は、なっちゃんへのプレゼントだ」

食べることが大好きななっちゃん。サンタさんに、かわいいもようの描かれたスプーンをおねがいしていました。

「ほら、トナカイ。なっちゃんの家まで、ひとっぱしりだよ！」

トナカイさんは、鼻をピカッとひからせてスピードをあげました。

なっちゃんの家に到着すると、サンタさんは、二階のなっちゃんの部屋の窓に、そりを横づけしました。音をたてないように窓を開け、こっそり部屋の中に入ります。

「すやすや眠っているね」

すっかり夢の中のなっちゃんを見たあと、サンタさんは、枕元の靴下にスプーンを入れようとしました。すると、プレゼントを入れる前だというのに、靴下がふくらんでいるではありませんか。

「おや？　おかしいな」

　サンタさんが、靴下の中に手を入れると……。


サンタさんへのプレゼントだそうです。

なっちゃんのおばあちゃんより

　メッセージカードと一緒に、手あみの靴下が出てきました。あか色とみどり色の毛糸であまれていて、とてもあたたかそうです。

　サンタさんは、靴下をぎゅっとだきしめました。

「プレゼントを配ることはあっても、もらうのははじめてだ！」

　こんなにうれしいことはありませ

ん。ブーツを脱ぐと、さっそく靴下をはきました。なっちゃんの足の大きさにあまれた靴下ですから、サンタさんにはちょっぴり小さいようです。それでも、じゅうぶんあたたかい靴下でした。

「はあ、あったかい」

サンタさんは、足も心もポッカポカです。

「やさしいなっちゃんには、特別なプレゼントをあげよう！」

サンタさんは、スプーンのほかに、とっておきのプレゼントを大きな靴下に入れました。

「ばあちゃーん！　サンタさん、きてくれたよ！」

二十五日の朝。なっちゃんは、サンタさんからのプレゼントをもって、おばあちゃんにだきつきました。

「お花のスプーンとね、」

なっちゃんは、一通の封筒をおばあちゃんに見せました。

「漢字がいっぱいのお手紙！　ばあちゃん、よんで」

「どれどれ」

封筒からは、一枚のクリスマスカードが出てきました。そこには、こんなメッセージが書かれていました。

なっちゃんへ

靴下、どうもありがとう。とても暖かいよ。プレゼントをもらったお礼に、なっちゃんをクリスマスパーティーに招待しよう。おばあちゃんと一緒に、暖かい服を着て待っていてね。今夜七時、トナカイと一緒にむかえに行くよ。

サンタより

「おやまあ！　サンタさんからのクリスマスパーティーの招待状だよ、なっちゃん」

「うわぁ、すごーい！」

なっちゃん、大よろこびです。

夜七時になりました。

お母さん手作りの靴下をはいて、モコモコのコートに手袋をしたなっちゃん。

同じようにコートを着たおばあちゃんと、家の外に出ていました。すると……。

リンリンリン　リンリンリン
空から鈴の音がきこえてきたかと思ったら、ものすごい速さでトナカイがそりをひっぱってきました。そりには、もちろんサンタさんがのっています。

「さあ、なっちゃんとおばあちゃん。そりにのってくださいな」

なっちゃんはピョンッと、おばあちゃんは「どうも、おじゃましますね」と頭を下げて、そりにのりました。

「では、しゅっぱーつ！」

トナカイさんはうなずくと、鼻をピカッとひからせ、空へと走り出しました。ひかりのような速さです。おかげで、なっちゃんは、もう少しでそりからおっこちるところでした。

「ちゃんとつかまってないとだめだよー」

サンタさんは、なっちゃんをふり返って、かかかかかっとわらいます。

すると今度は、そりにむかって、たくさんの星たちが次々に飛んできました。

「うわわっ！」

なっちゃんもおばあちゃんも、ヒュンヒュンと飛んでくる星をよけるのに必死です。

「はっはっはっ！　わたしの家に行くには、星をすべてよけなくちゃいけないんだぞー。がんばれ、二人とも！」

サンタさんは、なんだかとっても楽しそうです。でも、なっちゃんとおばあちゃんは星をよけるのに精いっぱいで、サンタさんの声なんてきいていられません。

星をすべてよけきると、いつのまにか木の家の前に到着していました。入り口の戸の横には、大きなクリスマスツリーがあります。

「中へどうぞ」

サンタさんにつれられて家の中へ入ります。家の中にも、大きなクリスマスツリーがありました。

大きなテーブルの上には、ごちそうがならんでいます。チキンのてりやき、アイスクリーム、コーンスープ。それから、見たことのない、色とりどりのくだものがたーくさん！

「うわぁ！」

「あら！」

なっちゃんもおばあちゃんも、びっくりです。

「おいしそうっ」

なっちゃんは、おもわず舌なめずりをしました。

「どれでも、おなかいっぱい食べてほしい。でも、おすすめはこれさ」

サンタさんが指をパチンとならしました。すると、ごちそうの中から大きな丸いケーキがふわりとうかんだのです。しろい生クリームの上に、イチゴがのっています。

ところが、そのイチゴ、あかくありません。しろくて、全然あまくなさそうです。

「名づけて、『ホワイトクリスマスケーキ』さ。イチゴもしろいんだぞー」

サンタさんは鼻の穴をふくらませて得意顔。でも、なっちゃんの気持ちは……。

(おいしくなさそう……)

「さあ。食べて食べて!」

なっちゃんの気持ちを知らないサンタさん。指をパチパチッとならしました。

すると、切り分けたケーキがお皿にのせられて、なっちゃんとおばあちゃんの前でプカプカうかびました。

「なっちゃん。おいしくいただこうかね」

なっちゃんは、しぶしぶうなずきました。

「いただきまーす……」

しろいイチゴを、おそるおそる口の中に入れます。

(あれっ?)

なっちゃんは首をかしげました。

「ばあちゃん。このイチゴ、モモの味がする!」

おばあちゃんも、イチゴをぱくり。

「ほんとうだ。モモの味だね」

なっちゃんは、夢中でモモ味のイチゴのケーキ、いいえ、「ホワイトクリスマスケーキ」を食べました。

「このイチゴはね、日本で見つけたふしぎなくだものさ。子どもたちにプレゼントを届ける間に、世界中の変わった食べものを集めるのがわたしの趣味なんだ。今年は、ふしぎなくだものがたくさん見つかったけれど、このイチゴが一番変わっていたよ」

「世界中の食べもの! いいなあ」

なっちゃんの口のまわりについたクリームを、トナカイさんがペロンとなめとりました。

「このイチゴはね、《とうくんイチゴ》という、日本で見つけたイチゴさ」

「とうくんイチゴ?」

　はじめてきくイチゴの名前です。

「一月頃から収穫できるイチゴなんだけど、少し早く実ったイチゴをもらってきたんだ。さあ、靴下のお礼さ。たくさんめしあがれ!」

　なっちゃんは、大きくうなずくと、イチゴたっぷりのケーキをほおばります。

「イチゴなのにモモ味!　モモ味なのにイチゴ!　おもしろくっておいしい!」

「ばあちゃんも、はじめての味だ」

なっちゃんとおばあちゃんの笑顔を見て、サンタさん、さらに得意げにいいました。

「トナカイを食べる国もあったんだぞー」

その言葉に、トナカイさんが目を丸くさせ、体をふるわせながら首をブンブン横にふりました。

「トナカイさんが、『食べないで！』っていってる」

なっちゃんは、トナカイさんの首をやさしくなでました。

「わたしは食べないさ。たいせつな相棒《あいぼう》だからね」

しろいひげをなでながら、サンタさんはわらいました。

「さあ！　おなかいっぱい食べていってくれ。ハッピーホワイトクリスマス！」

「お母さんにも、もってっていい？　靴下は、お母さんが作ってくれたんだよ」

「それはもう、ぜひとももってかえってくれ」

「お父さんにも、いい？」

「いいとも！　よーし、それじゃあもうひとつ、ホワイトクリスマスケーキを作ろうじゃないか！」

サンタさんは、うでまくり。力こぶをポコッと作ってみせました。

1月のお話

おせちどろぼう?

今日は、十二月三十一日。

家の中がおいしそうな香りでいっぱいです。食いしんぼうのなっちゃんは、何度も何度も、鼻をクンクンさせてしまいます。

「ねえ、ばあちゃん。何を作ってるの?」

テーブルの上に重箱を用意していたおばあちゃんに、なっちゃんはききました。

「おせちを作ってるんだよ」

「おせちってなあに?」

なっちゃんは、首をかしげました。

すると、弱火で何かを煮ているお母さんがいいました。

「お正月に、重箱につめられた料理を食べるでしょう? それが『おせち』よ」

なっちゃんは、手をポンッとうってうなずきました。

「わかった！　とってもおいしい、お正月のごはん！」

「なっちゃんは、おせちが好きかい？」

　おばあちゃんの質問に、なっちゃんは答えました。

「うん！　とくに、えびが好き。大きいやつ！」

「まったく。なっちゃんったら、お父さんに似て食いしんぼうね」

　お母さんにいわれて、なっちゃんは、

「えへへっ」

と、照れわらいです。

　おばあちゃんは、しろ色とあか色のかまぼこをていねいに切ると、それを、あか、しろ、あか、しろ、と、交互に重箱につめ始めました。

「かまぼこも好きだなあ」

　なっちゃんがつぶやくと、おばあちゃんは、手を休めることなくいいました。

「なっちゃん。おせちの料理には、ひとつずつ意味が込められているって知ってるかい？」

　なっちゃんが首を横にふると、おばあちゃんは、箸《はし》でかまぼこをつまみ上げました。

「かまぼこの色には、お正月をお祝いする意味があるよ。あか色としろ色は、お祝いの色」

ふむふむ、とうなずいていたなっちゃん。はっと気がついて、玄関にいるお父さんを見ました。

毎日仕事で大いそがしのお父さんも、今日はお休みです。玄関にしめ縄かざりをかざろうと、イスの上にのって、「うーん」と手を伸ばしています。うでを上げたせいで、お父さんのおなかは丸見えです。それだけではなく、ズボンから、あか色としろ色のしましまパ

ンツがちょっと見えています。

「ばあちゃん！　お父さんのパンツもお祝い色だ！」

「おや、ほんとうだ」

なっちゃんとおばあちゃんは、ふふふっと小さな声でわらいました。

「お豆もできましたよ」

お母さんが、お鍋《なべ》をもってテーブルにやってきました。お鍋の中には、くろ色のお豆がびっしりです。

「うわぁ、お豆だ！」

なっちゃんの目がキラキラします。あまくてやわらかいお豆は、なっちゃんの好きなもののひとつです。できたてのお豆からは、湯気がホクホクとたちのぼっています。

「『まめ』という言葉には、『健康』とか『元気・じょうぶ』という意味がある。だから、お豆を食べると、健康で、元気に暮らせるといわれているんだよ」

説明をしながら、おばあちゃんは、お豆も重箱につめていきます。

「プチプチした数の子には、たくさんの子どもが生まれますようにっていう思いが込められているし、きんぴらごぼうには、ゴボウのように細く長く、しあわせが根づくようにっていう意味があるね」

少しずつ豪華《ごうか》になっていく重箱を、なっちゃんはじっと見つめました。

「最後は、なっちゃんの大好きな、これ」

おばあちゃんが最後に重箱につめたのは、えびです。

「うわぁ、大きい！」

重箱からはみ出してしまいそうなほど大きなえびに、なっちゃんは目を丸くしながらも、大よろこびです。

「なっちゃん。えびにはながーいひげがあるだろう？　えびを食べると、このひげみたいに長く生きられるっていわれているんだよ」

なっちゃんは、ふむふむとうなずきました。

さあ、りっぱなおせちが完成しました。なっちゃんは、ゴクリとつばをのみこみます。

「食べよう！」

そういうと、おばあちゃんとお母さんは、顔を見あわせて、ぷっとふき出しました。

「なっちゃん。これは、明日、一月一日に食べるためのものよ」

お母さんは、おせちをすぐに片づけてしまいました。

「はやく明日になーれっ！」

なっちゃんはその日、除夜《じょや》の鐘がひびく前にねむりました。

なっちゃんたちが寝しずまったころ、キッチンでカサリと音がしました。

「おっと、いけない。しずかにせねば」

くろい影が動き、冷蔵庫のドアを開けました。

「おせち、はっけーん！」

くろい影は、重箱のふたを開け、かまぼこをつまんでパクリ。

「うん、うまいっ」

次に、お豆を一気に五つほどつまむと、パクリ。

「うんうん。これまたうまい。あまいっ」

それから、大きなえびに手をかけました。

「りっぱなえびだ。これもきっとおいしいぞ」

くろい影が、あーんと大きな口を開けてえびを食べようとした、そのときです。

パチッと電気がつき、なっちゃんのお父さんが髪の毛にねぐせをつけて現れました。

「ううん？　冷蔵庫が開いてるぞ？」

お父さんは、ひとつ大きなあくびをして冷蔵庫の中から水を取り出すと、コップにそそいで飲みました。それから、しっかりと冷蔵庫のドアを閉めてから、電気を消しました。

（あぶない、あぶない。見つかるところだった。でも、かまぼことお豆はいただけたし、とりあえずは満足、満足！）

くろい影は、キッチンのテーブルの下にかくれて、ホッとむねをなでおろしていました。


「あけましておめでとうございます」

かしこまって頭を下げているのは、なっちゃんです。

「おめでとう、なっちゃん」

おばあちゃんは、今日はめずらしく着物を着ています。そして、小さなふくろをなっちゃんにわたしました。

「はい、お年玉だよ」

「わぁ、ありがとう、ばあちゃん！」

なっちゃんは、もらったお年玉をお母さんに見せます。

「よかったわね、なっちゃん」

そういうと、お母さんは立ち上がりました。

「なっちゃんも起きたことですし、さっそくおせちを食べましょうか」

「うわーーーーーい！」

家族そろってテーブルにつくと、お母さんが、さっそく重箱のふたを開けました。

「あっ！」

みんなの目が、いっせいに丸くなります。おせちの様子がおかしいのです。

「かまぼこが、ひとつなくなっているわ」

お母さんがつぶやきます。

「お豆もへっているね」

おばあちゃんも、おせちをのぞきこみながらつぶやきます。

「えびが、ひっくり返ってる！」

なっちゃんは、重箱を引き寄せてさけびました。

きのう、おばあちゃんは、えびのあかい背中を上にして、重箱につめました。でも、今、えびはひっくり返っておなかが見えています。

「だれかがおせちを食べたんだ！　おせちどろぼう、出てこいっ！」

なっちゃんは、まわりを見まわしながら声をはり上げました。

すると、あたりが急にしずかになりました。鳥のさえずりも、時計の音も消え、そして……。

「すいません」

なっちゃんのうしろに、くろい影がすーっと現れたのです！

お母さんはびっくりして、お父さんにしがみつきます。なっちゃんも、おばあちゃんにだきつきました。

「『おせちどろぼう』っていうのはやめてもらいたいです。すいません」

くろい影は、頭をかきながらいいました。

「わたし、一応神さまなんで、どろぼうっていわれると困るんです。ちょっと早めに到着してしまいまして、つまみ食いしちゃいました。おどろかせてすいません」

影が、だんだんとはっきりしてきました。どうやら、しろい服を身にまとった人のようです。

「あ、あなたは？」

ふるえるなっちゃんをだきしめながら、おばあちゃんがおそるおそるききます。

「あっ、わたし、年神《としがみ》さまです。あけましておめでとうございます」

頭をかき、気まずそうに立っています。

おばあちゃんは、深呼吸を一回すると、

「年神さまでしたか。お会いするのははじめてですね」

といい、なっちゃんに、にっこりわらいかけました。

「この方は年神さまといって、お正月に家にくる神さまだよ。しあわせをはこんできてくれるといわれているけど、うちにきたのは、なっちゃんと同じ、食いしんぼうの神さまみたいだね」

年神さまは、「すいません」と頭を下げます。お父さんとお母さんも、

「神さまにはじめて会っちゃった……」

と、目をパチクリさせています
「……おせち、好き？」

なっちゃんがきくと、年神さまは、何度もうなずきました。

「もちろん、もちろん。大好きですとも」

「なっちゃんも大好きなの。じゃあ、一緒に食べよう！」

それから、えびを指さしていいました。

「なっちゃんね、えびが好きなの」

「わたしも、えび、好きです。なっちゃん、気が合いますねえ」

年神さまは、とてもうれしそうです。

「でも、今日は、ばあちゃんに！」

なっちゃんは、大きなえびをおばあちゃんのお皿にどんっとのせました。

「ばあちゃん、長生きしてね！」

年神さまは、そんななっちゃんを見て、

「なんとやさしい。でも、えび、わたしも食べたいです……」

とつぶやいています。

「なっちゃん、ありがとう。でも、大きいからみんなで食べよう。なっちゃんも食べたいだろう？」

「えへへ、食べたい」

なっちゃんとおばあちゃん、お母さん、お父さん、そして、年神さまの五人の口に、えびのあまみが広がりました。あまりのおいしさに、なっちゃんは、「うふふ」とわらってしまいます。年神さまの笑顔もはじけそうです。

年神さまはさけびました。

「おいしーーーいっ！」

その瞬間、鳥のさえずりがきこえるようになりました。時計の音も、チクタク、チクタク。

年神さまの姿は、もうどこにもありません。ただ、テーブルの上には一枚の年賀状が置かれていました。

あけましておめでとう。おせち、ごちそうさまでした。今年も良い一年になりますように
右手でピースサインをして、左手に大きなえびをもっている、年神さまの写真つきでした。

2月のお話　チョコウサギ

「お母さん、ひどいっ！」

　目になみだをいっぱいためて、なっちゃんはさけびました。

「なっちゃんのプリンなのに！　どうして食べちゃうの！」

　右目から、大つぶのなみだがポタリとおちます。すると、もうとまりません。たくさんのなみだが、なっちゃんのほっぺを流れ出しました。


　なっちゃんがお昼寝から目覚めると、お仕事がお休みだったお母さんが、ちょうどプリンを食べおわったところでした。そのプリンは、とろーんとしていて、あまくて、ほっぺがおっこちそうになるほどおいしいプリンでした。

　冷蔵庫の中にふたつあったそのプリン。ひとつは、なっちゃんがお昼ごはんのあとに食べました。そして、そのときにこうきめたのでした。

（もうひとつは、明日のおやつにしよう！）

それなのに、そのプリンをお母さんが食べてしまったのです。なみだがあふれてとまりません。

「プリンはふたつあったでしょう？　ひとつは、なっちゃんの今日のおやつ用のプリン。もうひとつは、お母さんのおやつ用のプリン。そうきめて買ってきておいたのよ」

「どっちもなっちゃんのプリン！　なっちゃん、ひとつじゃたりないもん！　そのプリンは、なっちゃんの明日のおやつにとっておいたんだもん！　お母さんのプリンどろぼう！」

なっちゃんは、床を足でドンドンしながらお母さんをにらみます。

その瞬間、お母さんの顔がけわしくなりました。そして、こういったのです。

「わがままもいいかげんにしなさい！　冷蔵庫の中に入っているものは、なっちゃんだけのものじゃありません！」

とてもおこっています。でも、なっちゃんだっておこっているのです。

「なっちゃんのプリンだもんっ！」

「そんなにプリンが食べたければ、じぶんで買ってきなさい！　なっちゃんが買ってきたプリンなら、お母さんだって食べないわ！」

なっちゃんは、おこづかいをもらっていません。お金をもっていないなっちゃんに、プリンを買うのは無理な話です。それを知っているのに、お母さんは「じぶんで買ってきなさい！」なんていうのです。

なっちゃんは、服のそででなみだをゴシゴシとぬぐいました。

「お母さんなんて大きらい！」

「お母さんも、わがままをいうなっちゃんなんて大きらいです」

なっちゃんは、ツーンとそっぽを向くお母さんに、おもいっきり「あっかんべー」をすると、おばあちゃんの部

屋へと走りました。

「そんなことがあったのかい」

おばあちゃんは、「お母さんなんて大きらいだもん!」というなっちゃんの頭をなでたあと、ちゃぶ台の上にあった大きなおせんべいをパリッと半分にわり、なっちゃんに差し出しました。

「半分、食べるかい?」

なっちゃんはコクンとうなずき、半月型になったおせんべいをかじりました。しょうゆの味がして、おいしいおせんべいです。

「なっちゃん。七夕のおまつりをおぼえているかい?」

おばあちゃんの質問に、なっちゃんは「うん」とうなずきます。

「こんぺいとう、食べた」

「そう。そのときに、こんぺいとうを半分、女の子にわけてあげただろう?」

「お礼にきれいなピンク色の布もらったね。こんぺいとうもおいしかった」

おばあちゃんは、にっこりわらいました。

「おいしいものをみんなでわけて食べるとね、おいしさがぐーんと大きくなるんだよ。ごはんだって、一人で食べるよりみんなと一緒に、わけあって食べたほうがおいしいだろう?」

なっちゃんは、考えてみました。

ひとりでごはんを食べたことは、今まで一度もありません。お父さんやお母さんがお仕事でいそがしいときでも、必ずおばあちゃんと食べるのです。

(だから、いつも、おいしいごはんなのかな?)

今、おばあちゃんからもらったおせんべいがおいしいのも、おばあちゃんと半分ずつ食べたからかもしれません。

なっちゃんは、プリンをお母さんが食べてくれてよかったような気がしてきました。そして、わがままをいったせいで、お母さんの食べたプリンからおいしさがなくなってしまったかもしれないと、すごく不安になりました。

考えこむなっちゃんに、おばあちゃんはやさしくいいました。

「なっちゃん。お母さんのことが、ほんとうに大きらいかい?」

「……ううん」

首をふるなっちゃんの背中をさすりながら、おばあちゃんはいいました。

「それじゃあ、バレンタインデーのチョコレートを、お母さんのために作ろう」

「バレンタインデー？」

「今日は二月十四日。大好きな人に、チョコレートをあげる日だよ。《大好き》の気持ちをいーっぱいこめて、作ろうね」


おばあちゃんとキッチンにむかうと、お母さんの姿がどこにも見当たらないことに気がつきました。テーブルの上には、

ちょっとでかけてきます。　おかあさんより

というメモがありました。

「おこってるんだ……」

しょんぼりするなっちゃんを、おばあちゃんがはげまします。

「なっちゃん、大丈夫！　がんばってチョコレートを作ろう」

おばあちゃんが冷蔵庫から取り出したのは、ふくろに入った板チョコです。

「まずは、このチョコレートをきざもう。手を切らないように気をつけて」

なっちゃんは、かたい板チョコを細かくきざんでいきます。

その間に、おばあちゃんはお鍋《なべ》に生クリームを入れ、火にかけます。キッチンに、チョコと生クリームのあまいかおりがただよいます。

お鍋の中の生クリームがぷくぷくしてきたところで、おばあちゃんは火をとめました。

「なっちゃん。きざんだチョコレートをこのお鍋の中に入れて、かきまぜてごらん」

なっちゃんがチョコを鍋に入れてかきまぜると、板チョコがもったりとしたチョコレートに変身しました。

「よーくまざったら、ここに流し入れて……」

生クリームときれいにまざり合ったチョコレートを、おばあちゃんがラップをしいたパットにゆっくりうつします。そして、表面が平らになるように、ヘラでやさしくなでました。

「冷蔵庫で少し冷やしてから、形を作ろうね」


数十分がすぎました。

おばあちゃんは、なっちゃんに透明のてぶくろをわたしました。それから、熱のとれたチョコレートをスプーンですくうと、手でコロコロと丸めてみせます。

「これにココアパウダーをつけると……。はい、トリュフチョコレートのできあがり！」

「すごい！　まんまるだね」

「なっちゃんは、どんな形にするんだい？」

「えっとね、ウサギ。お母さん、ウサギが好きだから」

お母さんのエプロンに、ウサギのししゅうがしてあったり、テレビの横にぬいぐるみのウサギをかざっていたりすることを、なっちゃんは知っています。

「むずかしそうだねえ。でも、作ってみようか」

まな板の上にラップをしいてもらい、その上でチョコウサギを作ることにしました。

ところが、とてもむずかしいのです。耳がポキッとおれてしまったり、頭がコロンとおちてしまったり。

失敗するたびに、なっちゃんはくやしい気持ちになりました。でも、あきらめません。

そしてついに、一匹のウサギを作ることができました。耳の長さがちぐはぐなチョコウサギです。ココアパウダーをまぶすと、茶色のやわらかい毛なみをしたウサギになりました。

「上手にできたねえ」

チョコウサギをトレーにのせながら、おばあちゃんはそういいます。でも、なっちゃんは不安でした。

（ちょっと形が変だけど、お母さん、食べてくれるかな……）

不安な気持ちのまま、チョコウサギを冷蔵庫にしまいました。

なっちゃんの不安は、チョコウサギにもいたいほど伝わっていました。

（なんとしても、なっちゃんの気持ちをとどけてあげたいぴょん）

チョコウサギは、ちぐはぐな耳をなでながら考えました。

（気持ちは言葉にして伝える！　それが一番だぴょんっ！）

チョコウサギは、長いほうの耳を両手でこすり、少しずつチョコをとかしました。そして、とけたチョコレートで文字を作ります。ひんやりとした冷蔵庫の中ですから、すぐにチョコはかたまってしまいます。

「いそげ、いそげ！」

チョコウサギは、何度も耳を手でこすりチョコをとかしては、文字を作りました。

買い物ぶくろを持ったお母さんがかえってきました。なっちゃんは、こっそりお母さんの顔色をうかがいます。

「なっちゃん。チョコウサギをわたしておいで」

おばあちゃんが耳元でこそっといいます。

心臓がドキドキします。なっちゃんは、何度もおばあちゃんをふり返りながら、キッチンにむかいました。そして、ふくろから買ってきた食材を取り出しているお母さんに声をかけました。

「お、お母さん……」

ふり返るお母さんの顔は、無表情です。

（まだおこっているのかな？）

なっちゃんは、お母さんから目をそらすと、冷蔵庫のドアを開けて、チョコウサギののったトレーを取り出しました。そして、そのまま、

「はい！　バレンタインデー！」

といって、差し出しました。さあ、お母さんは、チョコウサギをもらってくれるでしょうか。ドキドキして、心臓がとび出しそうです。なっちゃんは、ぐっと目を閉じました。

「まあ！」

なっちゃんの耳に最初にとどいたのは、お母さんのおどろいた声でした。それから、

「ありがとう、なっちゃん」

というやさしい声がきこえました。おそるおそる目を開くと……。

「あ、あれ？」

ちぐはぐだったはずのチョコウサギの耳の長さが、ぴったりそろっています。

そして、チョコウサギの前に、

ゴメンネ　ダイスキ

という文字のチョコレートがならんでいるではありませんか！

それを見たお母さん。買い物ぶくろをガサゴソ、ガサゴソ……。

「お母さんからも、なっちゃんにチョコレート。大きらいなんていってごめんね」

なっちゃんに差し出されたのは、プリンの形をしたチョコレートでした。

「お母さんも、なっちゃんが大好きよ」

お母さんはチョコウサギの右耳を、なっちゃんはプリンチョコを食べました。

「あまくて、おいしい！」

二人とも笑顔です。それから、同時に「あっ！」と何かに気づきました。

「お父さんへのチョコレート、作るの忘れた！」

「お母さんも、忘れちゃった！」

きっと、お父さんはすごくがっかりすることでしょう。

「お父さん用に、これから二人で作ったらどうだい？」

おばあちゃんの言葉に、なっちゃんとお母さんは同時にうなずきました。

ぶじ、仲なおりです。片耳のチョコウサギも、ほっとひと安心。

3月のお話

食いしんぼうランドセル

ポカポカした陽ざしのさす日が多くなってきました。お昼前にもかかわらず、気温はどんどん上がっていきます。そのおかげでしょうか、タンポポの花がポポッ、ポポッと咲いているのが見えます。

「ばあちゃん、ポッカポカだね」

「気持ちがいいねえ」

なっちゃんとおばあちゃんは、庭にレジャーシートをしいてひなたぼっこ中です。おぼんにおせんべいとお茶をのせて、おやつの準備もかんぺき。まるでピクニックです。

おせんべいをパリッと食べながら、なっちゃんはおばあちゃんに自慢げにいいます。

「ねえ、ばあちゃん。なっちゃん、大きくなったでしょう？」

このところ、なっちゃんは毎日のように、「大きくなったでしょう?」といっては、むねをはります。

おばあちゃんは、お茶をのみながらうなずき、
「大きくなったねえ。なんてったって、もうすぐなっちゃんは小学生だ」
とわらいました。

四月になったら、なっちゃんは小学一年生です。お父さんとお母さんには、もうランドセルを買ってもらいました。まだ空っぽのランドセルを、なっちゃんは毎日、夜ごはんのあとにせおってみせます。

ときどき、ランドセルの中に大好きなお菓子を入れては、「ちょっとおで

かけ♪」と、家のまわりを歩くこともあります。

もちろん今も、ランドセルはなっちゃんのかたわらにおいてありました。

ランドセルをなでながら、なっちゃんはいいます。

「小学校、たのしみだな！　給食、楽しみだな！」

「ふふふ。なっちゃんの食いしんぼーう」

おばあちゃんは目を三日月の形に細めながら、おせんべいをパリッ。あまーいおさとうのかかったおせんべいです。


なっちゃんになでられながら、ランドセルはすねていました。

（小学校は勉強をする場所ですよ。そしてわたくしは、勉強に必要な道具を入れるカバン。教科書にノートにふでばこに、いろいろです。それなのに！）

ランドセルは、なっちゃんに不満がありました。

（わたくしの中にお菓子を入れるなんて、信じられません！）

ランドセルは、教科書やノートを入れるカバンであることにほこりをもっていました。ですから、最初にじぶんの中に入れられたものが、教科書やノートではなくお菓子だったことが、とてもショックだったのです。

(食いしんぼうのなっちゃんのランドセルになんて、なりたくなかったです)

すっかりへそをまげてしまっていました。

でも、そんなこと、なっちゃんは知りません。おせんべいをつかんだ手でランドセルをなでます。

「やめてください！ きれいな体に、おさとうがついてしまいます！」

ランドセルはおもわずさけびました。

でも、なっちゃんの耳にランドセルの声はとどきません。なっちゃんは、ランドセルをやさしくなでては、わらっているのです。

ランドセルは、大きなためいきをひとつつきました。

「おーい。なっちゃーん」

家の中から、お父さんの声がしました。それから、窓がガラリと開き、お父さんがひょっこり顔を出しました。

「今日はいい天気だし、みんなでピクニックに行こうか」

なっちゃんの目がキラキラッとかがやきました。

「ピクニック、行く！」

お父さんのうしろからお母さんもひょっこりと顔を出します。

「お弁当も作ったのよ」

「うわーい！」

　大よろこびのなっちゃんは、ランドセルをもち上げていいました。

「お弁当、ランドセルに入れてもっていく！」

（えぇーーーーーーっ！　わたくしの中にお弁当ですって？）

　ランドセルは、あごがはずれるかと思うくらいびっくりしました。

　それも当然でしょう。お弁当を入れるカバンといえば、リュックサックが定番なのですから。ランドセルは、自分の中にお弁当が入ることなんて、生まれてこのかた考えたことすらありませんでした。

「ピクニックにランドセルをせおっていったら、よごれちゃうわよ」

　なっちゃんのお母さんの声にランドセルはうなずき、なっちゃんにこういいます。

「そうですよ！　食べもののにおいだってついてしまいます。わたくしじゃなくてもいいでしょう？」

　入学式前に、よごれたり、食べもののにおいがつくなんて、そんなかっこ悪い

ことも ごめんです。

「おもーいお弁当を、なっちゃんがはこばなくちゃいけなくなっちゃうぞー」

というお父さんの声にも、力づよくうなずきます。

「そうですよ！　わたくし以外のカバンのほうが力もちですよ、なっちゃん」

それでも、なっちゃんはあきらめません。

「この中にお弁当入れるの！　ランドセルでピクニックに行くんだもん！」

家族のだれに似たのでしょうか、なっちゃんはがんこです。

お母さんもお父さんも、困った顔をしながらいいました。

「まあ、いいわ」

「しかたがないなぁ」

ランドセルは、顔が青ざめていくのを感じました。

「お、お、おもすぎます……」

つぶやいたのは、なっちゃんではありません。なっちゃんにせおわれたランドセルです。

お母さんの作ったお弁当は全部で四人分。大きな重箱につめられていましたが、そのままではランドセルに入りません。そこで、四つのお弁当箱につめ直し、ランドセルの中に入れることになりました。

さすがに大きな水筒は入りません。ですから、水筒だけは、お父さんがはこぶことになりました。

四人分のお弁当ですから、どっしりとおもみがあります。

「これが教科書のおもさならがんばりますけど……。あぁ、おもいです……」

ランドセルの心は、今すぐにでもおれてしまいそうでした。

なっちゃんとおばあちゃん、お父さんとお母さんは、ゆっくり歩きます。目的地は公園です。オギソさんの家の畑の横をとおり、よく、たいやきの屋台が出ている広場をぬけます。

「オギソさんの家のサツマイモ、おいしかったなあ」

「たいやきも、大好きだなあ」

なっちゃんの言葉に、みんながわらいます。

でも、ランドセルだけはわらうことができません。お弁当がおもくてわらっていられないというのもひとつの理由ですが、それだけではありません。

サツマイモのことも、たいやきのことも知らないランドセルは、仲間はずれにされた気持ちがしていたのです。

(なんですか。みんなしてわたくしの知らない話ばかりなさって!)

ランドセルは、なっちゃんの背中で、「ふんっ」とへそをまげました。

公園に着くと、お母さんが大きなシートを広げました。

「お弁当、食べよう!」

なっちゃんは、ランドセルから取り出したお弁当のふたを、パカッとあけます。

まるで、宝箱をあけているような、キラキラとかがやくなっちゃんの目を、ランドセルは、横目で見ながら思いました。

(何が入っているんでしょう?)

なっちゃんのお弁当箱には、ふんわりたまごやき、おばあちゃん特製のうめぼし、栗のかんろ煮、サツマイモの天ぷらにからあげ。そして、一番目をひくのは、お赤飯《せきはん》でした。

「なっちゃんが小学生になるお祝いに、お赤飯を作ったのよ」

お母さんが、得意げな顔をしていいました。

「ご飯があかーい! おいしそう! 早く食べよう」

みんな一緒に、「いただきます」をします。

お赤飯をひと口食べたなっちゃんは、ほっぺをおさえていいました。

「ほっぺがおっこちちゃいそう！　おいしいなあ」

おばあちゃんは、

「なんでも食べるなっちゃんは、りっぱな小学生になるだろうね」

と、なっちゃんの頭をなでました。

「なっちゃんね、好きなものがたーくさんできたんだ。さくらもちでしょう、たいやきに、うめぼし。それから、こんぺいとうも！　お団子にモンブラン、クッキーにやきいもに、えび！　チョコだって好きだよ！　あと、このお赤飯も大好きだなあ」

「なっちゃん、プリンもでしょう？」

お母さんが、にやっとわらって付け足します。バレンタインの日のケンカを思い出して、なっちゃんも、にやっとわらいます。

「なっちゃんには、おいしい思い出がいっぱいだ。それって、とーってもしあわせなことなんだよ」

なっちゃんは、口いっぱいにたまごやきをほおばります。

「たまごやきも好き！」

(思い出……ですか)

空っぽになったランドセルは、なっちゃんたちの話をきいていました。

そして、思ったのです。

(もしかしたら、わたくしってしあわせ者なのかしら……?)

ほかのランドセルたちは、入学式まで大切にされていることでしょう。ときどきせおってもらうことはあっても、お菓子を入れられることや、お弁当を入れられてピクニックにでかけることなんて、きっとないはずです。

なっちゃんのランドセルになったからこそ、入学式前からとくべつな思い出を作ることができました。

(ほかのランドセルにはない思い出を、わたくしはもっているのですね……)

ランドセルは心がポッとあたたかくなったような気がしました。

そのときです。

「ランドセルに入れてきたこのお弁当の味も、だいじな思い出にするね!」

なっちゃんのこの言葉に、ランドセルは、さっき仲間はずれにされたときの悲しさがふっ飛ぶのを感じました。

ランドセルは、もうヘソをまげてはいません。お菓子を入れられたこともお弁当を入れられたことも、もうおこってはいません。むしろ……

「いろんな思い出を作りたいです。なっちゃん、これから六年間、よろしくお願いします」

ランドセルは、なっちゃんを見ていいました。

「遠足にも連れてってくださいね。どんなに大きなお弁当でも入れてあげます。だって、わたくしは、食いしんぼうななっちゃんのランドセルですから！」

ランドセルは、遠足のことをイメージしているうちに、楽しい気分になってきました。そして、なんだかきゅうに、おなかがすいてきました。

そのとたん、グーキュルル。

「だれかのおなかの音が聞こえた！」

なっちゃんがさけび、あたりをキョロキョロ見わたします。

「なっちゃんと同じ食いしんぼうが、どこかにかくれているのかもしれないね」

おばあちゃんの声に、ランドセルは照れわらい。

「うふふっ。かくれてなんかいません。食いしんぼうのわたくしは、みなさんの近くにいますよ」


公園のわきには、オオシマザクラの大木があります。あたたかな陽ざしをあび、桜子一号のつぼみがぷっくりとふくらみはじめています。

（あら？　とっても楽しそうな声と、おいしい食べもののかおりがするわ）

つぼみの桜子一号は、鼻をクンクンさせながら思いました。

（このかおりで、体の中をいっぱいにしたいわ）

桜子一号は、鼻のあなを大きくふくらませて、すーーーーっ！　体が、さらにぷっくりとふくらみました。

もうすぐ春。さくらもちの季節がやってきます。

あとがき

子どもの頃から、母の作ってくれるお弁当に入っているたまごやきが大好きです。しょうゆが入ってちょっぴり香ばしい田舎味。これが最高においしいのです。

パスタも好きです。数年前、姉に海外旅行に誘われました。ヨーロッパへ行きたかった姉の「イタリアだとパスタが食べられるよ」の一言で、イタリア行きを即決。だって、本場のパスタっておいしそうでしょう？（実際、とてもおいしかった！）

それから、母方の祖母の作ってくれる「炊き込みごはん」。実家に戻ったときは必ず作ってもらいます。味が濃いときもあれば薄いときもある、その手作り感がたまりません。

今は亡き父方の祖母が作ってくれた「ぼたもち」や「おはぎ」も好きでした。春と秋の二回、あんこたっぷりのものと、きな粉たっぷりのものの二種類が「どーん！」と家に届きました。お彼岸の時期になると今も食べたくなります。お店で買うのですが、やっぱりおばあちゃんの作る「ぼたもち」や「おはぎ」がいいなあ。


食いしんぼうなわたしも、食べるばかりではありません。

わたしがまだすごく幼かった頃の、父と一緒にした料理の記憶。作ったのはカレーライスでした。二人して危なっかしい手つきでニンジンを切り、ジャガイモの皮をむき、お鍋でグツグツ。味は……覚えていません。たぶん、おいしかったと思います。

学校の家庭科の調理実習で、野菜いためを失敗しました。家に帰り再挑戦。そのときはカンペキな野菜いためを作ることができました。ハンバーグを習ったときも家で披露。完食されたのを見たときは、うれしかったなあ。

食べること。それは生きることです。人は栄養を取らなければ生きていけません。

でも、いろんな事情で食事のできない人たちが、世の中にはたくさんいます。好きなものを食べて「おいしい！」と思ったり、作ったものを誰かが食べてくれたり……。わたしたちがふだん何気なくしていることを夢見ている人たちもいるのですよね。

ごはんをおいしく食べられるわたしは、しあわせ者です。より多くの人に、このしあわせを感じてもらえたらいいな。世界中の、すべての人が、このしあわせを手にすることができる、そんな世の中になったらいいな。そう思いながら書いた十二話です。

イラストを描いてくださったのは、鹿又結子さん。担当編集者の伊藤知代さんを含めた三人の思いを絵にしていただきました。やさしそうなおばあちゃん、明るいなっちゃん、ゆかいな登場人物たち（人物以外も）が、みなさんの心の中でいつまでも笑って食事をしていてくれたらうれしいです。

なっちゃんのように、みなさんもこれからたくさんのおいしい食べものに出会って、笑顔になってくださいね。もしかしたら、桜子九十九号（いいえ、「ひめ」

ですね）やカープ、テルオ、おりひめ、ゴンベエさんにマロンヌ・マロンナ姉妹、スケールン、テングロウ、サンタさん、年神さまにチョコウサギ、食いしんぼうなランドセルのような、ふしぎな人たちと出会える……かも？

さあ、なんだかおなかがすいてきました。そんなときは、両手を合わせて……

「いただきまーすっ！」

伊藤さまをはじめとした本の泉社のみなさま、鹿又さま、応援してくれた家族や友人たち、そしてなにより、この本を手にとってくださった読者のみなさまに、感謝の気持ちを込めて。

食いしんぼう・柳澤 みの里

二〇一六年三月

【作】柳澤 みの里（やなぎさわ　みのり）

1986年、岐阜県多治見市生まれ。都留文科大学文学部国文学科卒業。書籍編集プロダクション勤務を経て、現在、ライターとして活動しなら執筆。第34回子どもたちに聞かせたい創作童話入選3位（「ふとっちょボブリンパンづくり」）、第26回・27回日本動物児童文学賞奨励賞受賞（「グッドバディ」「リョウダンス・ペラヘラ」）。

【絵】鹿又 結子（かのまた　ゆうこ）

1977年生まれ。千葉県松戸市出身。文化女子大学短期大学部生活造形学科卒業。

食いしんぼうカレンダー
なっちゃんのおいしい12か月

二〇一六年五月二〇日　初版一刷発行

著者　柳澤みの里
挿絵　鹿又結子
発行者　比留川　洋
発行所　本の泉社
〒一一三−〇〇三三
東京都文京区本郷二ノ二五ノ六
電話　〇三（五八〇〇）八四九四
FAX　〇三（五八〇〇）五三五三
http://www.honnoizumi.co.jp/

装丁　深田陽子
印刷・製本　新日本印刷株式会社

定価はカバーに表示してあります。

ISBN978-4-7807-1274-2　C8093